将軍吉宗の大敵

剣客大名 柳生[illegible]

麻倉一矢

時代小説

二見時代小説文庫

目次

将軍吉宗（よしむね）の大敵

——剣客大名 柳生俊平（としひら） 20

将軍吉宗の大敵——剣客大名 柳生俊平20・主な登場人物

柳生俊平……柳生藩第六代藩主。将軍家剣術指南役にして、将軍吉宗の影目付。

立花貫長……一万石同盟を結んだ筑後三池藩藩主。戦国の雄、十万石の柳河立花藩は親藩。

一柳頼邦……伊代小松藩一万石藩主。俊平、貫長の三人で一万石同盟を結び義兄弟となる。

喜連川茂氏……公方様と呼ばれる足利家の末裔の喜連川藩主。一万石同盟に加わる。

市川団十郎……大御所こと二代目市川団十郎。江戸中で人気沸騰の中村座の座頭。

伊茶……一柳頼邦の妹姫。想いが叶い俊平の側室となる。剣を使い医術にも通じる才女。

大樫段兵衛……俊平の義兄弟となった武芸者。筑後三池藩主・立花貫長の異母弟。

相模屋長五郎……大坂で米の仲買いを続けるかたわら江戸で口入れ屋「春風堂」を営む商人。

鴻池民右衛門……大坂堂島を代表する米の仲買人。

奈良屋市右衛門……江戸の三町年寄に数えられ、その中でも家格は第一と目される家の当主。

河野通喬……勘定奉行。吉宗の命により俊平と大坂へ向かう。

常磐……吉宗の改革により大奥を出され、諸芸で身を立てようと町家に暮らすお局。

七兵衛……大坂の柳生藩蔵屋敷に長く仕え、米相場に明るい古参の用人。

茅野文蔵……相役の篠田啓次郎と大坂蔵屋敷を護る若い柳生藩士。

稲垣種信……影目付の御用で、急遽大坂にやって来た俊平を助け奔走する大坂東町奉行。

第一章　吉宗、飛ぶ

一

「のう、俊平」

　将軍徳川吉宗は、柳生俊平との吹上道場での剣術稽古を終え、中奥の将軍御座の間にもどってくると、伏し目がちに俊平を見返し、小声で問いかけた。

「はて、なんでございましょう」

「うむ……」

　吉宗は、口ごもっている。

　吹上の道場でも、なにやら考え込んでいるようすで口数も少なく、それでいて稽古では思い詰めたような激しい表情で俊平に打ち込んできた。その勢いはことのほか激しく、強い手応えに俊平は思わず竹刀を落とすところであった。

「余は近頃、ちと衰えてきたように思えるのじゃが、気のせいかの」

吉宗は眉を顰め、うかがうように俊平を見た。

「はて、まったくそのようには思えませぬが……」

自信なげに自分を見つめる将軍を、俊平は笑って見返した。

「それなら、まあよいのだが」

吉宗はそう言ってから、なにやら近頃は、すべてのことに力が発揮できぬようになった気がすると呟いた。

「それは、思い過ごしでございましょう。今日は、ことのほか竹刀の打ち込みも激しく、私の手では受けかね、あやうく弾き落とされるほどでございましたぞ」

「まことか……」

吉宗がうかがうように俊平を見た。

「まことに、お気の弱いことを申されまする」

「なに、余が将軍職をついですでに二十年以上の歳月が流れた。享保の改革と称し、さまざまな政策の刷新を行ってきたが、今は正直のところ、成果のあったものとそうではなかったものとが、二通りあるように思えてならぬ」

「それは、まあ、そうではございましょうが……」

俊平は返答に窮し、吉宗を見つめた。

「今思えば、気恥ずかしくなるような政策もあった」

吉宗は渋い口調で言った。

いつになく気弱な吉宗のようすに、俊平は困惑した。

「はて、さようでございましょうか。それがしが思いますに、良きご政策がほとんどで、後（のち）の世まで上様の政（まつりごと）は享保の改革として語り継がれることと存じます」

「そう言うてくれるのは、そちぐらいのものかもしれぬ。巷（ちまた）では、余の政策になにかと批判を加える者が多いと聞く。余は、近頃思うておるのだが、町民の思いが見えなくなってきたような気がする」

吉宗が、吐息とともに呟いた。

「そのような。上様の政は、今もしっかりと、庶民の心を捉えておられます」

「そうは思えぬ。このところの米価は、上がり放題。江戸の町民は購（あがな）うこともできず、苦しんでおると聞く」

「米価の件は、たしかに難しうございまする」

俊平は反論できず、口ごもった。

このところ、巷でも米価の高騰(こうとう)が話題になっていることは、俊平もよく知っている。

幕府は米価の高騰を抑制できず、大坂堂島(おおさかどうじま)の米相場で敗退をつづけている。

「余は町民の暮らしを身近で見て、みなの思いをしっかり感じ取りたいと思うことがある」

「しかしながら、上様のお立場では、そればかりはちと難しうございましょう」

吉宗の突飛(とっぴ)な言葉に、俊平は少し驚きながら答えた。

将軍がお城を抜け出して、江戸の町を徘徊(はいかい)するなど、とてもできそうにないことであった。

「じゃが、三代将軍家光(いえみつ)公は、しばしば城を抜け出し、町を巡(めぐ)ったと聞いておる」

「しかしそれは百年も前のこと、のどかな時代でございました」

俊平が、返答に困りながら言うと、

「それはちとおかしいぞ。俊平、そなたとて大名の身分でありながら、供も連れず町に出ておるというではないか」

「それは……。しかしながら上様は、征夷大将軍(せいいたいしょうぐん)。お立場がちがいまする」

「いや、できぬことではあるまい。城からは、どう出たらよいかの……」

吉宗は考え込んで、どこまでも積極的である。

「はあ――」

俊平は、困ったように吉宗を見返した。

「そちは、町に出て、ゆるりと動きまわる折はどうしておる」

「一人、ふらりと藩邸を出ます」

「ほうら、みろ」

「ただ、私の町歩きは藩士がみな承知しておりますゆえ」

俊平は、苦笑して言った。

「それに、それがしなど一万石の小大名。旗本とさして変わりありませぬ。しかし、上様の場合、この日ノ本に二人とおられぬのでござりますぞ。見えざる敵が、お命を狙っておるやもしれませぬ。警護も、厚くつけねばなりますまい」

「そうかのう。わしも、そちには及ばぬが、剣の鍛錬は怠っておらぬぞ」

町の荒くれ者程度なら、軽くあしらえる剣術は修めていると、吉宗は言いたいらしい。

「されど、城の者たちは、みな止めましょう」

「まあ、これは仮の話じゃが。城からはどう出たらよい」

「はて……、これは困りましたな」

吉宗は、なんとしても町に出たいらしい。

俊平は、吉宗を見返し、しばし考え込んだ。

「されば、まずは小姓を味方につけねばなりませぬな」

俊平は笑って、下座の壁際に座す小姓を見やった。

「うむ。手なずけたとして――」

「そうでございますな。ここ御座の間にて地味な綿服に着替えられ、茶坊主に守られて、城門まで出られます。できれば、仙台の初代藩主伊達政宗公のごとく、刀の鍔で片目をお隠しになるとか。そうなされば、まあ、城の者の目も紛れましょう」

「ふふ、隻眼か。面白いことを言う。では、次は茶坊主の攻略じゃな」

「忠相殿に一枚嚙んでいただきますか」

「ふうむ?」

俊平から大岡の名を聞き、吉宗は意外そうに俊平を見返した。

「人は身なりで相手を判断いたします。忠相殿を先頭にし、身なりを変え、その付き人のようにして駕籠に向かえば、思いのほか目立たぬかもしれませぬ」

「うむ、それはよい策じゃ」

「城中で忠相殿に代わって大岡家の駕籠に乗れば、やがて上屋敷まで辿り着きましょう。それから、密かに町にお出になれば、よろしいかと」

「忠相には無理を言うことになるかの」

吉宗が苦笑して言うと、

「はは、頼りになるお方にございます」

俊平が、頷いてみせた。

「うむ。忠相は寺社奉行に成りながら、旗本のままで肩身が狭く、城内に詰める席もないゆえ、近頃大名に取り立ててやることにした。そなたと同じ菊の間詰めであったな」

「御意。登城の折には、よくお顔を拝見するようになりました」

俊平は、にこやかに微笑んだ。

「政では、忠相にまことに世話になった。町火消し制度、瓦屋根、軒の長さなど、さまざまな消防制度をともに考えた」

その頃から、早くも二十年以上の歳月が流れている。

「しかし、これは極めて危ない計画でございます」

俊平は膝を正し、現実にもどって吉宗を止めた。

「うむ。だが、忠相に頼んでみる値打ちはあるな」

「お好きになされませ」

俊平は、突き離すように言った。

「なに、余は町に出て、民の暮らし向きをこの目で確かめたいだけなのだ」

吉宗は、語気を強めた。

「それは、たしかによきお考えではござりますが、はて……」

城中に計画が伝われば、きっと大騒ぎとなろうが、吉宗はあくまで、密かに決行できるものと考えているらしい。吉宗が、止めても聞き容れる御仁でないことは、俊平もよく承知している。困ったことだと、重い吐息を吐いた。

「ならば一度だけ、ご覧なされませ。大岡殿の屋敷でお着替えをすませ、町にお出になられるのです。その際は、それがしがお供をつとめます」

「うむ、そちが付いているならまず安心じゃ。おお、なにやら心躍る思いじゃ。もはや誰にも留め立てはさせぬぞ」

「言い出せば、きかぬ上様。もはやお止めはいたしませぬ」

俊平は、苦笑いして頷いた。

「おお、忘れておった」

吉宗が、拳（こぶし）で掌（てのひら）を打ち、なにかを思い出したように言った。

「なんでございます」

「俊平、同じ一万石大名の二人も護衛に加えてみてはどうじゃ」

「は――？」

唐突な話に、俊平は目を丸くした。

吉宗は、自身の着想に満足そうに頷いて言った。

「筑後三池藩主の立花貫長と、伊予小松藩主一柳頼邦の面々じゃ。そなたら、一万石同盟なるものを結んでおるのであろう」

「はあ。しかしあの者らは……」

「いやいや、立花貫長は戦国の勇将、立花宗茂の血筋。一柳頼邦も、一万石ながら藩の経営は巧みで、なかなかの知恵者と聞くぞ」

「上様がそうおっしゃれば、あの者らも大いに喜びましょうが」

俊平は二人の飲み仲間を思い返し、笑みを浮かべた。

「それと、足利公方様の末裔もおったな。あの大柄の、喜連川茂氏じゃ」

吉宗は、以前に会った喜連川の相貌を思い返して笑った。

「喜連川もお供に加えられますこと、それはよい案と存じます。太刀の使い手で、巨岩も易々と持ち上げまする。だが、極めて多忙なお方ゆえ」

「うむ。だが、受けてくれよう。これだけの男たちが揃えば、護衛役は十分すぎるほどじゃ。十万の軍勢とて追い払えよう」

「お買いかぶりなされますな。上様の御命は二つとござりませぬゆえ、十分な用心が肝要」

俊平が諫めるように言うものの、吉宗はすっかり満足げである。

「して、まず江戸のどちらに行かれとうございまするか」

「さて、行きたいところが数多くありすぎるわ」

吉宗は大きく胸を膨らませ、天井を仰いだ。

「そちが、時折余に語ってくれるところは、いずれ行ってみたい」

「はて、上様にはいずこのことをお話しいたしましたか」

吉宗の期待を煽ってしまったかと、俊平は後ろ頭を掻いた。

「ほれ、深川の——」

「料理茶屋〈蓬萊屋〉でござりますな」

「そうじゃ。芸者らが面白いそうだな」

「いずれ、ご案内いたします」

俊平が言うと、吉宗は満足げに頷いた。

「それから、余が大奥から追い出したお局方にも、また会うてみたいものじゃ。どのような暮らしをしておるか、ちと気がかりだしの。恨み事を聞かされようがの」

苦笑いして、吉宗が俊平に言った。

「いえ。お局様方の間で上様を悪く申す者は誰ひとりおりませぬ。みな、己の今の境遇に満足しておるからでございましょう」

「ほう、満足しておるのか」

「みな、自由で気ままな生活を満喫しております」

「そうか。それは羨ましい。みなが愉しく暮らしておるのなら、なによりじゃ」

「上様が羨ましがるとは、驚きましてございます」

俊平が笑って言った。

「じつのところ、将軍の座はちと厭いた。いちど、別の人生を生きてみたいと思うておった。夢物語じゃがな」

吉宗は、真顔になって言った。

「まこととも思えませぬ」

「なに、将軍の立場は、じつはまことに荷が重い。おお、それと、気になるのは役者どもじゃ。市川団十郎にはすまぬことをしたと思うておる」

「はて、団十郎殿のことまでお気になされておられたとは」

「なに、町民の愉しみを奪ってはならぬからの」

吉宗はそう言って、小姓が運んで来た将棋盤に、将棋の駒を並べはじめた。

俊平も、遅れて駒を並べはじめる。

「俊平、江戸の町民は、近頃どのような暮らしをいたしておるのじゃ」

「それは、まちまちでございますが、同じ人間、さして変わるものではないかもしれませぬ」

「それは、そうであろうな。朝起きて顔を洗い、髪を整え、食事となる。ご先祖の仏壇にご挨拶し、書類に目を通す」

「そこは、いささか上様とはちがいまするが……」

俊平は笑った。

「まあ、この目で確かめよう。新しい生活が始まる」

吉宗は声高く言い放ち、

「まずは、あの者らだ」

ちらりと下座の壁際に座す小姓らに目をやった。

「あの者ら、上手に嘘をつけましょうか」

俊平が笑った。

「はて、やってみるまで」

「なんなら、明日からでもよいぞ、俊平」

「それは、ちと難しいかと存じます」

俊平は、大袈裟（おおげさ）に困惑してみせた。

「されば、いつからならよい」

待ちきれぬとばかりに、吉宗が俊平に問いかけた。

「されば、近々、大川（おおかわ）（隅田川（すみだがわ））の川開きとなります。その日、お出かけなされませ。花火を真下から見上げられれば、それは見事でございます」

「花火か、それはよいの。なんともわくわくする」

「ただし、大変な人出となるはずでございます。くれぐれも、目立たぬようにご準備くださりませ。見つかってしまっては、大事となりましょう」

「うむ。それと、心配なのは忠相じゃ。そのような所に向かうこと、反対せねばよいが……」

吉宗が言うと、

「はて、それはわかりませぬ。大岡殿が反対するとなれば、命懸けで反対いたしましょうが」

「いずれにしても、川開きの日まで、しばらくは夜も眠れまいな」

「忘れておりました。上様、町に出た折のお名前はなんとお呼びすればよろしうございまするか。上様、とはお呼びできませぬ」

「ならば、松平(まつだいら)……、そうじゃの、紀ノ介(きのすけ)とでも呼んでもらおうか」

「松平紀ノ介。これはまた、憶(おぼ)えやすいよきお名でございまするな。かしこまってござりまする」

「妙な名ではないか」

「そのようなことはけっして。されば、それがしも、準備いたさねばなりませぬゆえ、将棋の対局は、本日はとりやめといたしましょう」

「うむ。今日は将棋どころではないな。頼んだぞ、俊平」

吉宗は立ち上がり、俊平の両肩を強く握りしめて部屋を出ていった。

二

江戸市中をゆったりと流れ江戸湾に注ぐ大川の下流域で、五月二十八日から八月二十八日までの三カ月、連日のように花火が打ち上げられて賑わう川開きとなる。納涼船や物売り船も行き交い、川面の美しさを満喫する江戸庶民で賑わう期間である。

ことに、川の堤や両国橋からは花火が見上げられるため、立錐の余地もないほどの人だかりとなっている。

この川開きが始まったのは、享保十八年（一七三三）五月二十八日で、前年に飢饉や疫病が流行って、死んだ人々を供養するため、水神祭を行ったのが始まりとされている。

江戸城での密談の後、大岡忠相の大名駕籠で大岡邸に到着し、大岡忠相に迎えられた。

その後柳生俊平、立花貫長、一柳頼邦の三人の大名が大岡邸に入っていった。

みな大岡の家臣に迎えられて、その小ぶりの白書院に入った。

小ぶりの新邸は、木の薫りも香ばしい。

「上様、よくぞお越しくだされました」

大岡忠相は、自身の小邸に将軍を迎え、どうも落ち着かぬ風情である。

「このような手狭な屋敷にお出ましいただくとは、なんとも心苦しく存じまする」

忠相が、えらの張った顔つきをさらに強張らせて言う。

「なにを言う、忠相。余の身勝手で押しかけたまでのことじゃ。心苦しいのは余のほうじゃ」

吉宗は笑って、下座に座す忠相を手を上げて宥め、三人の大名にも笑顔を向けた。

「これら二人は、それがしの飲み仲間にござります。禄高は高くはありませぬが、いずれも一騎当千の者にて、警護のお役目をつとめさせていただきます」

俊平が、左右に居並ぶ二人の一万石大名をそれぞれ振り返って言った。

「うむ。そなたらのことは、よう俊平より聞いておる」

吉宗はそう言ってから、

「そなたは、初めて見る顔じゃの」

三人の背後に控える髭面の男に気がつき問いかけた。

「この者、それがしの弟にて、段兵衛と申しまする」

立花貫長が、背後を振り返って吉宗に言上した。

「武者修行のため長く諸国を遍歴しておりましたが、今は柳生殿の道場に身を寄せております」

「兵法者か。それは頼もしいの。されば、影目付としても働いておったのか」

吉宗が、貫長の肩ごしに段兵衛に問うた。

「はい。たびたび助けてもらっております」

俊平が、恐縮したようすの段兵衛に代わって言った。

「直答を許す。遠慮なくなんでも申せ」

吉宗が、段兵衛に語りかけた。

「ははっ。お初にお目にかかりまする」

段兵衛が、かしこまって平伏した。

「さぞや腕が立つのであろう。頼もしい警護役じゃ、こたびはそのほうらにも影目付を命じよう。よろしく頼むぞ」

「全力で尽くす所存でございます」

「うむ」

吉宗は、その隣の男装の女人に目を留めた。

「そなた、伊茶であったな」

「はい」

伊茶が三つ指をついて平伏した。

吉宗は満足そうに笑った。

「剣も使い、医術も心得ているという才女じゃな」

「過分なるお褒めのお言葉かたじけのうございます」

伊茶はうつむいて頬を緩めた。

「そなたは、俊平の妻にして、この一柳頼邦の妹であったの。伊予小松藩の者らは、ことのほか領民思いにて、世事にも明るいと聞いた。そなたの知恵も借りたい。あれこれ教えてほしい」

「およばずながら、女ならではの立場にて、お役に立てればと思うております。ご贔屓たまわりませ」

「うむ」

吉宗は、かしこまって平伏する伊茶に深く頷いた。

顔合わせが終わると、一同揃って大岡藩邸を出て、待たせていた町駕籠につぎつぎに乗り込んだ。

駕籠の隊列の中心はむろん吉宗で、前を立花貫長、段兵衛。後方を俊平と伊茶、それに一柳頼邦の駕籠が固めることになる。

町駕籠の一行なので、誰も駕籠に将軍吉宗が乗っていると気づく者はいない。

風変わりな集団が連んでいくとしか見えず、振り返る者もなかった。

両国橋の袂まで到着すると、俊平が声をかけ、みなが揃って駕籠を下りた。

と、いきなりひゅるひゅると頭上高く上がっていくものがある。

連続して打ち上げられた大型の花火であった。

すると、群集の間から法被姿の威勢のいい男たちが現れ、揃って吉宗の前で深々と一礼した。

その後から、押し出しのよい紋付姿の女が現れ、吉宗に一礼する。

「そなたは――」

吉宗は怪訝そうに女を見た。

「妙春院と申します。柳河藩の者にござりますが、只今、花火屋の下請けをいたしております」

妙春院が、恥じ入るようすもなく言った。

「ほう、花火か」

「じつは――」

段兵衛が脇から飛び出してきて、妙春院の隣に並んだ。

「じつは、わたしの妻なのでございます」

赤面して段兵衛が言う。

「ほう、そちの妻か」

「柳河藩十万石の姫でございましたが、嫁ぎ先の夫と死に別れた後さまざまあり、藩の財政を建て直すため、柳河藩の伝統である花火職の技を継いで、花火屋を営んでおります」

「女傑よな。これは驚いた。それにしても、大名家の姫が花火屋を営む世となっておったか。されば、大いに励めよ。きっと柳河藩は再生しよう」

吉宗は、力強く妙春院の腕を摑んだ。

また花火が上がって、夜空が明るく照らされる。

この頃の花火は、まだ多彩色のものではなく、火の色一色である。

みなの顔が紅く染まる。

一行のために借り受けたのは、大型の屋形船であるが、吉宗が乗る御座船とは比較にならない。

吉宗は、珍しそうに船中を見まわした。

女が数人、配膳のために控えている。他には船中に乗る者はなかった。

みなが車座に着座すると、女たちが用意した酒膳を運んでくる。

しばらくすると、船が大きく揺れて、膳の物が飛び散った。後方の船が、ぶつかってきたらしい。

「なんだ」

立花貫長が、刀を取って立ち上がった。

みなで船尾に駆けていくと、大型の屋形船が追突している。

「我らの船に、なにゆえぶつかってきた」

激突した船の男が、叫んだ。

「ぶつかって来たのは、そちらの船ではないか」

俊平が言い返した。

「いいや、うぬらの船だ。川は下流に向かって流れておる。その川の流れに逆流するように近づいてきた」

「船頭、まことか」

俊平は屋根に向かって叫んだ。

「いいえ、とんでもねえ」

怯えた声で船頭が応じた。

二艘の屋形船のまわりに、大小の川遊びの船が集まり、事の成り行きを見守っている。花火を見上げているより面白いらしい。

先方の船を見れば、船首に五人の男が居並んでいた。

背に派手な龍や虎の絵柄のついた白の単衣（ひとえ）を着けた男らであった。

一昔前の町奴ふうの出で立ちで、みな赤鞘（あかざや）の太刀を担ぎ、肩を突き出して凄んでいる。

凄い形相（ぎょうそう）でこちらを睨（にら）んでいる。

その奥に、数人の商人の顔が見えた。

吉宗も、さすがに後から怒りを抑（おさ）えてやって来た。

「なんだ、貴様らは」

一柳頼邦が、小柄な体を震わせ、派手な装（よそお）いの五人の町奴を睨みつけた。

だが、町奴の関心は、頼邦にはない。

吉宗を凝視し、寄ってくる。

ぼんやりと立つ吉宗に、なぜか関心があるらしい。

「いかん」

すかさず俊平が吉宗をかばった。

「おい、おまえ」

町奴の一人、背に大きな虎を描いた男が吉宗に向かって言った。

「はて、余か――」

吉宗が応えた。

「うぬら、我らの前を遮った。そこに膝をつき、謝るがよい」

五人の町奴が一歩前に踏み出し、そのうちの一人が吉宗を指差した。

「はて。余がいったいそなたらになにをしたと申す」

「おまえ、今なんと申した」

「はて、余がいったいなにをしたと申したが……」

「余だと？」

町奴はからからと笑った。

「我らの船は、そなたらの船になにもしておらぬ。そなたらが、後方からいきなりぶつかってきたのではないか」

吉宗が、わからぬのか、と嘲笑って言った。

「こ奴ッ！」

五人が、いっせいに肩をいからせ、こちらの船に乗り込んできた。

「まあ、待て。町奴ども」

俊平が、五人の前に立ちはだかった。

「我らは、この場で花火を見て、酒と花火を楽しんでおった。後方から当たってきたのはそなたらであろう」

「なにおっ」

中央に立つ大柄な男が、睨むようにして叫んだ。

「そもそも妙な理屈だ。船を停めてはいかぬのか。どの船もここで花火を愉しんでおる」

「小癪(こしゃく)な言いぐさを」

五人の町奴は、揃って太刀を半ば引き抜いて、前に進んだ。

一人の男が、俊平に挑むようにして前に出た。

伊茶、段兵衛が血相を変えた。

その勢いに気圧(けお)されてか、五人が一歩退がった。

みな足腰がふらついている。

「こ奴ら」

俊平が詰め寄る。

五人はさらに一歩退がった。大分、酒が入っているのだろう。みな足腰がふらついている。

二艘の船を囲む小船の客から、どっと笑いが起こった。

嘲笑われた五人衆は、憤怒の形相である。

町奴の一人が、俊平の胸ぐらを摑んでくる。

俊平は、その手を弾いて男の腕を摑み捻り上げる。

「痛えッ！」

町奴の口から呻き声が漏れた。

「せっかく愉しく飲んでいる者に、そう悪たれをついてからんでくるものではない」

俊平は町奴の頭をたたくと、見かねたもう一人が刀を抜いた。

真っ向上段から打ちかかってくる。

「よせ、花火の灯りで、刀が眩い」

打ち込んでくる町奴の腕を押さえて体を捻って、二人目の男に体当たりすると、あわあわと叫びながら水中に落下した。

俊平らの乗った船の周囲で、わっと歓声が上がった。

「まだ、やるか」

俊平はきりりと抜刀し、刀を返した。

峰打ちでたたくつもりであった。

歴然（れきぜん）とした腕のちがいを知って、残った町奴は、慌てふためき自分たちの船のなかに逃げ込んだ。

このようすを見ていた船の商人らも、俊平を憎々しげに睨んで、早々に奥に逃げ込んでいった。


「ささ、上様」

俊平が、吉宗らを船中にもどした。

一同、心配そうに吉宗の顔色をうかがった。ひどく立腹したと思っている。

「俊平、あれはいったいなんであったのだ」

吉宗が、遅れて着座した俊平に訊ねた。

「はて、何者かは存じませぬが、市中には時折、あのように尊大な奴らも暮らしております。ご立腹でございましょうが、ご容赦（ようしゃ）くだされませ」

「なに、酔うておったのであろう。奥に商人ふうの者も乗っていたようじゃ。とまれ、そなたが軽々と追い払った。気にせず飲み直そう」

吉宗が、酒膳の前に胡座をかいた。

地味な綿の装いながら、堂々たる風格である。

「それにしても、江戸の町民はみな、あのように荒くれ者が多いのか」

「いえ、あれは、町の悪党どもにござります。町民はさほどでもなく、むしろ気弱でござります」

一柳頼邦が、応えた。

「そうであろうの」

吉宗が笑った。

「ところで、頼邦。そう、かしこまった物言いをせずともよいぞ。我らは、同じ一万石の大名じゃ」

吉宗が、冗談めかして頼邦に言った。

「は、そう申されましても……」

「なあに、余も紀州藩主と成る前、越前丹生郡に葛野藩三万石を賜っておった。そなたら小藩主とさして変わらぬ大名であったのじゃよ」

「はは、さようにございましたな」

俊平が吉宗の顔を見返して笑った。

そう言われれば、親しく見えてくるから不思議である。

「今思えば、あの頃がいちばん愉しかった。とにかく、こうして自由に町に出るのがなによりだ。煩わされずに綿服を着け、こうして歩ける。町民に話しかけることもできる」

「さようでござりまするな」

段兵衛が、笑って頷く。段兵衛も、大名の弟である身分を投げ出し、浪人者となったのだった。

「ところで、これはいったいなんと言う食い物じゃ」

吉宗が運ばれてきた膳に載るものを見下ろして言った。

「浅蜊飯(あさりめし)にござります」

伊茶が笑って応じた。

「浅蜊か――」

吉宗が茶碗を抱えて、わしわしと飯を食う。

「江戸の海岸で採れたものにござります」

一柳頼邦が言う。

「旨い。じつに旨い」

吉宗は、満足そうに飯を口に運んだ。

「俊平。こちらの食い物は……」

吉宗が、次に運ばれてきた重箱の蓋を開け、なかの茶色の食べ物を見下ろした。

「お忘れですか、鰻でございます。前にお話しいたしました」

俊平が応えた。

「おお、そうか」

「川や湖沼に生息する長い生き物でございます。見かけはあまりよろしくございませんが、味は上々にございます」

「そうか、鰻のう」

吉宗が、恐る恐る口に放り込む。その顔が驚いたように動かなくなった。

「いかがでございます」

心配そうに、伊茶が吉宗の顔を覗き込んだ。

「よい。味付けがよい。きわめてよいぞ。いや、いや、このように美味なるものが世に存在したとは驚きじゃ」

吉宗は感心したきり、箸を持ったまま動くこともできない。

立花貫長と一柳頼邦が、顔を見合わせて笑う。

「お口に合うか、心配しておりましたが……」

伊茶が、胸を撫で下ろして俊平を見返した。

「鰻は、夏の疲れを取るといい、江戸の町民もこぞって食べております」

「そうか。この旨さなら、そうであろう」

吉宗が、また旨そうに二口目を頬張った。

俊平は開け放った船の窓を眺めた。

川に浮かぶ大小の船の乗客にも鰻の重箱を抱えた者がある。

「我らもみな、町人と同じものを食うておるわ」

吉宗が、感激したように言った。

と、なにやら船の周辺が騒がしい。

「なんであろうの」

吉宗が、俊平に訊ねた。

「はて」

伊茶が、立ち上がって部屋の窓を大きく開けた。

なにが起きたのかさえわからず、吉宗も、きょとんとした眼で左右を見まわしている。

みなで船尾に向かって駆け寄っていくと、船が大きく揺れた。

「な、なんなのだ！」

段兵衛が、わけがわからず叫んだ。

船尾に、またしても船がぶち当たっていた。

「なんだッ！」

俊平ら数人が、しっかり刀を摑んで吉宗を護る。

相当の大型船で、屋根の上に旗が立っている。

「あれを」

俊平が船の屋根を睨んで言った。

旗がたなびいている。

――天下布武（てんかふぶ）

と読めた。夜風にはためいている。

天下布武とは、天下統一を目指す織田信長（おだのぶなが）が掲げた旗印に大書きされた一文で、天下統一の強い意志を表している。我こそが日ノ本を統一し、天下人となる、と諸国に宣言した一文である。

横付けされた船の船首には、大勢の男たちが出ていた。

恰幅(かっぷく)のいい大商人ふうの男たちである。

みな商人ふうであったが、芸者上がりらしい女と浪人然とした気味の悪い人相の者が交じっている。浪人者は四十前で、伸びた月代(さかやき)、半開きの眼、ただよう雰囲気はひどく暗い。

吉宗は、船上ではためく天下布武の旗印がひどく気になったらしい。

「商人どもに申す。天下布武、武士の思うところにて、商人が思うところでないと知れ」

吉宗が船の上の商人に向かって叫んだ。

「そのようなものではない」

商人が、揃ってぎろりとこちらを睨み据えた。

いずれも茶羽織を着け、酒に酔った顔で笑っている。

「申し」

俊平の声が夜陰(やいん)に轟(とどろ)く。

「なんだ」

「その旗、引き下げられよ」

と、やおら船のなかから紅ら顔の商人が姿を現した。

「戯れにはちと度が過ぎておろう。これには御城の公方様もお怒りになろう」

俊平がなおも言った。

「戯れにすぎん。下げぬとあらば、どういたすな」

商人の一人が問いかけた。

「力ずくでも、引き下げる」

「そこまで申されるそこもとは」

商人は、名を問うてきた。

「徳川家より扶持を得る大名だ」

「いたしかたない」

商人は、船頭に命じた。

立派な身なりの武士が、ずらりと現れたのを見て、

「ところでそなたらは、いずれのご家中でござろうか」

大商人らしき中央の男が、俊平に訊ねた。

「家中の者ではない。大名だ。一万石の陣屋大名だがね」

いささか、自嘲ぎみに俊平が言った。

いつの間にか船中から、紋付袴の武士も現れている。

威嚇の眼差しでこちらを見下ろしていた。

「そちらのお武家は」

商人が言った。

「こちらは、島津藩、黒田藩の江戸留守居役よ。今宵は川開きにご招待した」

別の商人が言った。

「よろしければ、そちらもこちらの座にお移りにならぬか」

「お断りする」

俊平がきっぱりと言った。

「商人の船に、大名が加わるなど穢らわしいと思われるかの」

せせら笑うように、恰幅のいい商人が言った。

「そのようなことではない。だが、気になるのは屋根の上の幟旗だ。なにゆえ商人が、天下布武の旗印を立てる。そちは、武家ではあるまい」

吉宗が、商人を幾度となく睨み据えるように言った。

「なんの、ただの戯れじゃ。怒るほどのこともあるまい。だがお侍、申し添えておくが、今やこの国を動かしているのは商人と知るがよい。商人の財力は、とうに武家を超えている。商人には、その誇りがある」

「しかし、商人の財力のみでは、国は統治できまい」

吉宗が、冷やかに言った。

「武力だけでも、それは不可能であろう」

商人が凄い形相で吉宗に言い返した。

「国が乱れれば、商人は金儲けなどしておれまい。あまり傲慢にならぬがよい」

吉宗の隣に立って、今度は俊平が商人を見据えて言った。

「とくと憶えておきましょう」

商人の一人が冷やかに言って、商人と武士の集団が揃って船に入った。

「なんとも、不敵な奴らよの」

吉宗が、船を苦々しげに見上げた。

「まこと、いずれ懲らしめてくれましょう」

立花貫長は怒りが収まらぬのか、いつまでも怒気を露わにして船のなかにもどった。

三

深川の料理茶屋〈蓬萊屋〉は、一万石の大名にはちょうどよい規模の茶屋で、昔からの馴染みとなってはや数年は経つ。

男勝りの深川芸者だけに、さっぱりした気風の女が好きな俊平ら三人にとっては、気のおけない所で、酒も料理の味も気に入っている。

この日は、川開きのあった翌日のことで、ひやりとする吉宗の忍びの漫遊を回想し、今後の影目付の大役の糧にしようと、三人がすぐに集まったのであった。

酒膳を前にゆったりと寛げば、前夜の疲れが抜けてくる。

「まあ、立花様、一柳様までが上様警護の影目付役に」

深川芸者の梅次が、俊平から話を聞き、目を丸くして言った。

染太郎、音吉も目をしばたたかせている。

柳生俊平なら、柳生家の伝統である影目付であるから警護の役目もわかるが、一柳頼邦や立花貫長が、そのような難役をこなせるとも思われない。

「上様のお戯れだ。すぐに解かれよう」

早々に席に着いた立花貫長が、脇息にぐらりと寄り掛かって笑い飛ばせば、

「わからぬぞ」

俊平が、手を振って貫長に言い返した。

「上様は、あれで、こうと決めたら熱心につづけられるお方だ。しばらくはお忍びの町歩きのお供をつとめることになろう」

俊平が女たちに川開きの夜のことを語って聞かせたのは、女たちにもいずれ上様がこの店に来ることを伝えておきたかったからであった。

「その町奴ふうを連れた商人ですが、もしや相模屋さんでは」

染太郎が思い出したように言った。

「相模屋……？」

「はい。私のお客さまなのですが、出身は相模のお方で、長らく大坂で米の仲買人をつづけ、今度は江戸に出て来て、口入れ屋もやっておられるそうです」

「手広いな。ここにはよく来るのか」

「月に数度。浪人者をひき連れてやって来ます。お話の五人組にそっくりです」

「そうか」

「気味が悪い連中で、ひと昔前の町奴ふうのかっこうをして、威張り散らしています。

飲みっぷりがいいし、気前もいいので、ついお断りもできなくて」

「ふむ。鼻つまみ者が相手では、そなたらも気が休まらぬな」

「ほんとうでございますよ」

梅次が苦笑いを浮かべた。

「そうか。それなら、もう一人の商人は誰であろうな。芸者ふうの女と気味の悪い用心棒を連れていた」

「鴻池(こうのいけ)屋さんかもしれませんよ」

「今様の紀伊国屋文左衛門(きのくにやぶんざえもん)といったところでしょうか。大坂堂島を代表する米相場仲買で、よく江戸に出て来られます」

「その浪人者もその世界では有名な人、居合いの達人、人を幾人も斬っていると申します」

「その、今様、紀伊国屋文左衛門、いえ、そんなもんじゃないかもしれません。もっと凄い人。この国の米相場を自在に操ると評判です」

「よく知っておるな、梅次」

「鴻池屋さんのこと、今や江戸でも、有名でございますよ」

「そうか」

俊平は、大坂の商人の名を嚙み締め、納得して頷いた。

店の入口で、人の声がある。

俊平も、番頭と語らう野太い声に聞き覚えがあった。

「あれは、公方様こと、喜連川茂氏殿ではないか」

一柳頼邦が、盃の手を休めて言った。

「そうやもしれぬ」

貫長がそう言って、俊平を見返した。

「どういうことであろうか」

俊平も、いぶかしげに梅次を見た。

たしかに一万石同盟に加わる公方様は、数度この〈蓬萊屋〉を訪ねたことはあった。

だが、常にここにいる三人と示し合わせて来たので、単独で来ることはないはずである。

廊下で足音があり、番頭が、

「お連れ様が来られておりますが……」

と、障子の向こうで問いかけてきた。

どかどかと踏みしめる足音の大きさからみて、やはり公方様らしい。

「入っていただけ」

と俊平が応じると、やがて襖ががらりと開いて、公方様の巨躯がぬっと姿を現した。

鴨居に頭が当たるので、腰をかがめている。

「どうした公方殿、めずらしいの」

貫長が声をかけると、

「あいや、今日はいま一人、一万石同盟に入りたいと仰るお方をお連れした」

公方様は、ちらりと芸者三人に目をやり、にやりと笑った。

公方様の後方に、吉宗が立っている。

「あ、これは！」

貫長が驚いて声をあげた。

たしかに〈蓬莱屋〉にも行ってみたいと吉宗は言っていたが、警護役の俊平に一言も告げず、やって来たとは信じがたい。

貫長、頼邦の二人が、ささと上座に吉宗を促した。

梅次、染太郎、音吉が目を白黒させている。

「これ、同じ一万石同盟の松平殿だ。それではあまりに堅苦しいぞ」

俊平が、笑って二人の大名を諭した。

「おお、さようであったな」

貫長が、笑って膝を崩す。

「松平殿は、一万石同盟に加わりたいと強く所望されての。それゆえ、こちらにお連れしてみた」

茂氏が言った。

「大歓迎でございます。共に飲みましょう」

俊平が応じ、吉宗のために座をつくる。

「すまぬな、この茶屋は是非とも訪ねてみたかったのじゃ」

吉宗がそう言って、芸者たちに微笑みを向けた。

「それは、それは。今後ともご愛顧を賜りますよう、お願い申し上げます」

梅次が三つ指をついて挨拶をすれば、

「格別なんの代わり映えもせぬお店でして、女も、あたしたちのような男勝りの芸者ばかり。これが深川芸者でございます。どうぞご贔屓のほどを」

染太郎が笑いかける。

吉宗が、一瞬目を白黒させた。どうも、大奥とは勝手がちがうらしい。

「松平様、深川芸者はこのような女ばかりでござりますが、みな気風の良さを売り物にしております」

「そうか、わかった。私もこうした飾らない、からりとした女人が大好きだ。よろしくの」

吉宗は、つぎつぎに女たちの手を取った。

「よい手触りじゃ」

「松平様ったら」

染太郎が、握られた手に手を重ねた。

「おお、すぐに場慣れをされましたの」

俊平が笑った。

「深川は愉しめますするぞ。芸者の芸も見もの、遊びも多様にございます」

俊平が、女たちを見まわして言った。

「芸か。どのようなものがある」

「舞いと音曲(おんぎょく)がござります。みんな上手でございますよ」

梅次が応える。

「それは見たいものじゃ」

「これより、お見せいたしましょう」

「されば、松平様と公方様の酒膳が来てから頼むとしよう」

俊平が言う。

「これは、毎日でも足を運びたくなるな」

吉宗がはしゃいでいると、酒膳が運ばれてくる。

「こちらも御膳所（ごぜんしょ）役人の用意する御城の料理とはちがいますが、お愉しみください」

公方様が言葉を添える。

「うむ、愉しもう」

「喜連川様は、以前お越しになりましたね」

梅次が、茂氏にお銚子を向けて、

「じつは、勝手口を訪ねたこともある」

「まあ」

染太郎が、驚いて茂氏を見返した。

「なんで、また」

梅次が訊ねた。

「わが藩の特産の酒を買ってもらいたくてな」

「まあ、ご藩主様が？」

茂氏は悪びれずに頷いた。

「小さな藩ゆえな。台所事情はなかなかに苦しいのだ」

「茂氏、それはまことか」

吉宗が訊ねた。

「はい。まあ、いずこの藩も同じような内情かと思いまする」

「ううむ、すまぬな」

吉宗が、真顔となって頭を下げた。

「いやいや……」

茂氏は頭を掻いた。

「お武家様はどちらも、内情は大変なようで」

梅次が言う。

「じつは、そうなのだ」

俊平が頭を掻いた。

「そう言えば、うちに来るお客様も、近頃は商人のほうが、ずっと羽振りがようございます」

梅次が、忖度することなく大名たちに言った。

「しだいに、商人の天下になるんでございましょうかね」

染太郎がそう言ってから、あっと口を押さえた。

目の前にいるのは、将軍と大名である。

「せめて、米の値だけでも下がれば、庶民も暮らしていけるのだが」

吉宗が、唇をへの字に結んで言った。

「まあ、堅苦しいお話は、これくらいにして」

酒膳が整った頃合いを見計らい梅次が女たちに声をかけ、三味線と太鼓の用意をさせる。

「松平殿、梅次が踊りを見せてくれるそうにございます」

公方様こと喜連川茂氏が、吉宗に耳打ちした。

「そうか。芸者の舞いというもの、ぜひ見たい」

吉宗が、愉しそうに身を乗り出した。

三味線が鳴り響き、梅次の踊りが始まる。

深川節という端唄の一曲で、その所作は色気がある。

〽猪牙でサッサ
行くのが深川通ひ
あがる桟橋子
コレワイサノサ

なかなか渋い踊りだが、風情がある。その踊りに、吉宗が見惚れた。

「ささ、御酒も愉しみなされませ」

一柳頼邦が、酒器の酒を吉宗の盃に注いだ。

「これは旨い酒じゃの」

ひと口含んで吉宗が言う。

「お城でお飲みになっておられるお酒も、上等な味わいなものと思われますが」

俊平が言うと、

「うむ。じゃが、いつも同じ味での。それに、ちと淡泊なのじゃ。これはコクがあって旨い」

「それは、よろしうございますね」

染太郎が言った。

「料理もみな旨い。なんとも良い味付けじゃ」

「それは、まことにありがとうございます」

踊りを終えた梅次が、吉宗の隣にもどって言う。

「お酒も、料理も、取り揃えております」

「梅次、そちの踊りは難しいものであろうが、簡単に習えようか」

吉宗が問うた。

貫長と頼邦が驚いて、意外そうに顔を見合わせた。

「それでは、手を取ってお教えいたしましょう」

梅次が喜んで吉宗の手を取って、立ち上がった。

染太郎の三味線が鳴り響いた。

「あ、それ」

梅次が、吉宗の手を取る。

「ふむ、こうか」

「はい。ここはこう」

梅次が、吉宗の手を折り曲げ、また上げて稽古を付けていく。

「俊平。そちも来い。そなたは団十郎の一座で舞いも教えているのではないのか」

「あ、いえ、踊りまでは」

俊平が尻込みすると、

「ならば、余とともに踊ってみよ」

吉宗がけしかけた。

「余は今宵の思い出に、ぜひともこの端唄を覚えて帰るぞ」

俊平が立ち上がり、貫長、頼邦、茂氏も立って、部屋のなかで踊りはじめる。

「ああ、愉快じゃ。余はもう城に帰りとうなくなった」

吉宗が大声で叫んだ。

「えっ……」

梅次が吉宗の腕を離して、あらためて見返した。

「余と申されるのは……」

「一万石のお殿様は、余などと申されませぬ」

染太郎が言う。

「それでは、あなたさまは──！」

はっとして梅次が言った。

音吉も気づいて、ふらふらとその場に座り込んだ。

「よい、よい。みな、余を松平紀ノ介として扱ってくれ。余が来たことはどうか秘密にの」

吉宗が、崩れ込んだ女たちのために膝を屈して言った。

「今宵は、楽しかったぞ。このような体験、二度とできまい」

「よろしうございましたな。松平様」

俊平が目を細めて言った。

「さ、飲み直しましょう。せっかくです。とことん愉しんでいただきたい」

俊平が吉宗の手をとれば、一万石大名が揃って頷く。

「よい匂いがするの」

貫長が鼻を鳴らして言った。

「はて、この匂いは」

「よい鰹(かつお)が手に入りました。たたきにしてみました」

梅次が貫長を見返して言った。

「鰹のたたきか。これはよいな」

頼邦が頰を崩した。

「初物(はつもの)は、ことに旨いと申します」

茂氏が吉宗に告げる。

吉宗が鰹を満喫し、端唄を憶えきって、店を後にしたのは四つ（二十二時）を回ってのことであった。

第二章　ご乱心

一

「ところで上様、先日のお忍びでの江戸の町歩き、いかがでございましたか」

大岡忠相が、茶で咽を潤し、ひと息入れている上機嫌な吉宗に訊ねた。

「天下布武か、まことに驚いたぞ」

江戸城中奥将軍御座の間にもどった将軍吉宗は、俊平ら三人の一万石大名と、大岡忠相、勘定奉行の河野通喬を前に、大川の川開きでの出来事を思い返していた。

「それにしても、まこと目を瞠るような体験の連続であった。民の暮らしぶりが、しだいにわかってきたようじゃ。城中での武士の暮らしとは、まったくちがうものよな。江戸の町民にはまず活気がある」

「江戸には今や、百万人を超える人が暮らしておるようにございます」

俊平が、相槌を打った。

「うむ。阿蘭陀の使節も、欧州にも、これだけの都はないと申しておった」

「そして、町民みな、上様の住まわれるこの江戸城を見上げ、ご威勢を称賛しております」

「たしかに、江戸城をな」

吉宗が笑う。

「じゃが、そこに暮らす余の姿は、まるで見えておらぬはずじゃ。みな、おのおの暮らしで精一杯じゃ」

「はは、さようでございましょうな」

忠相が、笑って頷いた。

「ともあれ、金は正直ということがよくわかった。持つものが強い。とうに武士の世ではなくなっておるのやもしれぬと思うた」

「はて、それでは、何者が世を治めるのでござりましょう」

忠相が吉宗に訊ねた。

「やはり、商人かの……」

吉宗が、空を睨んで言った。

「それにいたしましても、先日の商人らの所業、許しかねますな」

立花貫長が、先日のことを思い返して憤然と言う。

「どれほど、増長しておりますやら。推し量ることもできませぬ」

一柳頼邦が、みなを見まわし小声で言った。

小心者の頼邦は、これまでは遠慮がちで、吉宗とは言葉を交わすことも多くなかったが、この日、一柳頼邦が幾分なめらかな口調になったのは、ようやく吉宗の人物像を理解し、恐れぬようになりはじめたかららしい。

「大商人となりますと、幕府の金蔵以上の金を蓄えておると、噂されております」

勘定奉行の通喬が、話に割って入る。

「それなら、胆が太くなるのも無理からぬこと」

大岡忠相が苦笑いした。

「されど、天下布武の幟は、ちと豪胆すぎましょう。分をわきまえぬ思い上がりと存じます」

立花貫長が、怒りが冷めやらぬ口調で言った。

「貫長、どうせよと申すな」

吉宗が、上座から身を乗り出して訊ねた。

「ひっ捕らえて、死罪を申し渡すべきところ。罪一等を減じて、免許取り消し、店も取り潰しとなされてはいかがかと存じます」

貫長はきっぱりと言った。

「ふうむ」

吉宗は、しばらく考えてから、

「じゃが、そのようなことをすれば、商人どもの反撃があろうな。米市場が、止まることになるやもしれぬ。米の価格が決められなくなれば、米は市場に出まわらず、諸国の民は困窮しよう」

「ま、そのようなことに、なるやもしれませぬ」

貫長は、怒りを抑えて押し黙った。

「ところで、天下布武の商人とはどのような者なのじゃ」

「鴻池と申し、なんでも生家は丹後の酒造業だそうで、大名貸をはじめ、田畑の開発にも力を注いでおるそうにございます。また、市街地整備を手がけて、地代も獲得しております」

「大坂の町の地代か」

吉宗が驚いて、問い返した。

「さようにございます」

三人の一万石大名が、通喬の話に驚いて、顔を見合わせた。

「まずは、しばらくようすを見ることとし、あまりひどい場合は、厳罰を与えることも辞さぬ覚悟となされませ。ここはまず、幕府が市場を抑えることが大切」

大岡忠相が言った。

「しかし、その市場を護ること、なかなかに難しく、すでに商人が優位。均衡を欠いております」

通喬が、困り果てた顔で言った。

「そこまで、来ておるのか」

溜息交じりに吉宗が言う。

「はい。まことに、近頃の相場は御し難くなっております。商人はみな相場の達人。たとえ一時米価を下げることができても、またすぐにするすると反転させられます」

通喬が、無念そうに言う。

「資金力がちがうのか」

吉宗が訊ねた。

「おそらく――」

「どれほどの差じゃ」

「わかりませぬが、商人側が幕府をはるかに上回っていることは確実かと」

「そうか、商人の財力は、そのように大きなものとなっておったか」

吉宗が格子天井を見上げ、悔やしそうに言った。

「まことにもって、途方もないこと」

大岡忠相も、吉宗の嘆きに応えて重い息を吐いた。

「資金はともあれ、幕府も相場の技術を磨いていかねばなりませぬ」

通喬が、膝を乗り出して、みなを見返した。

「されば、そなたら勘定奉行を中心に、役人も大いに力量を磨いてゆけ」

吉宗は、強い口調で言った。

「かしこまってございます」

重い空気が御座の間に流れ、俊平たち三人の大名も口ごもっていると、

「上様――」

大岡忠相が、吉宗に膝を向けた。

「もはや、お忍びの外出はおやめになられまするか」

「いや、それはそれ。あの夜は、まことに愉快であったぞ」

「はあ」

俊平が、忠相と顔を見合わせた。

「夢のようなことの連続であった。江戸の町が余にとって、別世界に見えた」

「ほう」

三大名が、顔を見合わせた。

「ことに何が――？」

「町奴どもも、酒もだ。料理も格別であった」

「ただし、警護については配慮せねばなりませぬぞ。町奉行所の者もお付けいたしましょうか」

忠相が、吉宗をうかがった。

「いや、要らぬ」

吉宗が、手を挙げてきっぱりと断った。

「しかし――」

「いや。人が大勢集まっては、かえって目立とう。余は鷹狩りの折など、供もほとんど付けずに山野を駆けることがあった。かえってそのほうが安全だった気がする」

「しかし、尾張藩の刺客に狙われたことも、あったではございませぬか」

忠相が、苦笑いして言う。

「されば、お辛いかもしれませぬが、お忍びの町巡りでは、装いをより目立たぬようにすることも、考えねばなりますまい」

俊平が言った。

「装いか……」

「はい、より町衆に溶け込むように」

「ふむ、それはそうであろうな」

「それがしは、しばしば黒の着流しにて、ぶらり町歩きをすることもございます」

「さよう。身軽な装いでお出かけになるのは大切」

頼邦が言った。

領内では、頼邦は百姓然とした装いで歩くこともあるという。

「それはよい。されば、綿服の白の着流しを用意させよう」

「されば、我らもそういたしまする」

貫長が、そう言って頼邦と眼を見合わせて笑った。

「さて。それでは次はいずこをお訪ねなされますな」

「そうじゃの……」

吉宗は考えるのだが、なかなか決まらない。

それもそのはずで、吉宗は町を詳しく知らず、ようすも思い描けないのである。

「さて、それでは――」

通喬が吉宗に進言した。

「各大名家が江戸に送らせた草花の育つ場もあれば、市の立つ寺社仏閣もあまたございます」

「ふむ、ちとおとなしい」

吉宗が、不満そうに言った。

「されば繁華街は上野、両国、浅草とあまたございますが、吉原なども覗いてみては面白うございます」

通喬が、吉宗の顔をうかがった。

「これ、通喬――」

大岡忠相が、勘定奉行の通喬を窘めた。

「さて、いずこにいたすかの……」

吉宗が、また考え込んだ。

「まあよい。愉しみじゃ。ゆっくり考えよう。上野や浅草など、繁華な町にも行ってみたいものじゃが」

「しかし、やはり上様をそうした場所にお連れするわけにもいきませぬ」

忠相が言った。

「かまわぬ。見世物小屋で駱駝やろくろ首などぜひ見てみたい。賑やかな町には、大いに興味がある」

吉宗が目を輝かせる。

「そうは申されましても……」

俊平がふと考えて、

「されば……まずは、お局様方のところに行かれませ」

「みな、元気で暮らしておるそうだの」

「はい。今の生活に満足しております。弟子をとって悠々自適に楽しんで潤いを得ております。みな、上様の噂をしておりますぞ。きっと三味や笛、音曲でもてなしてくれましょう。酒膳も旨い」

「ほう、料理もか。冷めた料理とはちがい、温かい物であろう」

「はい」

「女たちは旨いものをつくるのか」

「むろんでございます。みな料理屋を開けるほど料理上手。下々の食するもののなかにこそ、旨いものがあるとお考えくださりませ」

「ふむ。ならば、寛いで過ごせるであろうな」

「むろんにございます。そうでございますな。それがしの妻伊茶の枇杷の葉治療も、そこでお受けなされませ。体がほぐれます」

「枇杷の葉治療か。よさそうじゃの」

　吉宗が、目を輝かせて上座から身を乗り出した。

「治療を受けた者はみな、口を揃えて気持ちがよいと申してくれております」

「芝居の市川団十郎殿も、お呼びしてはどうじゃ」

　一柳頼邦が、手を打ってそう言った。

「あ、いや、それは……」

　今度は、大岡忠相が困ったように顔を歪めた。

　享保の改革では、芝居は贅沢な遊びと、当時南町奉行の大岡忠相が、数々の制限を加え、芝居の関係者には評判が悪い。

「そのこと、ご心配なされずともよろしいかと存じます。大御所市川団十郎は、とうにそのようなこと気にしておられぬでしょう。芝居は、その後も発展しております。江戸町民は、米価をはじめとする諸物価の高騰に苦しんでおり、芝居は今、恰好の慰めとなっております」

「そうか。団十郎にはいちど、そなたと伊茶の婚礼の席で顔を合わせておる。その折も、怒ってはおらなんだようじゃ。久しぶりに会う(お)てみたい」

吉宗が頷いた。

「かしこまってござります」

俊平ら一万石大名の三人は、揃って吉宗に平伏した。

「それにしても、川開きの夜のことにござります。将軍の臣下たる諸大名の江戸留守居役共が、商人風情の下で小さくなっておったとは、まことにもって不甲斐(ふがい)なき話」

立花貫長が、思い出したように言った。

「幕府としては、いちど商人どもの横暴を打ち砕く必要があろうな」

吉宗も神妙な顔で頷いた。

「まことに。このままでは、世の民は粟(あわ)を食うて過ごさねばならないことになりまする」

大岡忠相も、憤然とした口調で言う。

「上様、調べにより、あの夜大船に乗っていた大名家の者の名が判明いたしました」

河野通喬が、懐から走り書きを取り出し広げてみせた。

「ほう、よう調べたな」

「大奥お庭番が尽力し、鴻池屋の番頭らから、その名を聞き取りましてございます」

「ようやった。いずこの者じゃ」

「はい。西国の諸藩が多く、黒田藩、久留米藩、柳河藩、島津藩などでございます」

「島津や黒田は大藩ではないか。情けないの」

「まことにもって」

「柳河藩など、立花貫長、そちの縁続きの藩ではないのか？」

吉宗が、顔を伏せている貫長に訊ねた。

「はい、まことに嘆かわしうございます」

貫長が顔を紅らめ平伏した。

「それにしても、柳河藩が借金漬けで、よく支藩のそちのところが無事でおられるものよ」

「さいわい我が藩は近年、黒石（石炭）を採掘するようになり、これが藩の財政を潤しております」

「その話は、聞いたことがある。幸いであったの」

貫長が吉宗を見上げて、微笑んだ。

「そちのところは大丈夫か、頼邦」

吉宗が、伊予小松藩主一柳頼邦に訊ねた。

「は、はい……」

頼邦は、狼狽し頭を掻きながら、

「先年の飢饉の影響が残っておりまして、復興資金が入用となり、大名貸しの三千両だけ借り入れておりましたが、只今、塩田の開発に成果が出るようになりまして、返済が順調に進んでおります」

額を畳に擦りつけるようにして、頼邦が言いにくそうに述べた。

「無理をいたすなよ」

「はい」

吉宗は微笑んだ。船上で貫長や頼邦と酒を酌み交わし、いずれの一万石大名にも親しみを覚えてきている。

「して、通喬。先ほどの話じゃ。商人どもの米の買い上げに対抗するだけの準備はあるのか」

「はい。正直なところ、あまり余裕はございませぬが、掻き集めて大坂に送るつもりにございます。ただ、これまでにも相当冷し玉として送っており、出費は嵩んでおりまする」

「なんとかいたせ。ここは商人どもに後れをとるわけにはいかぬ」

吉宗は、勘定奉行の河野に強くそう言ってから、ふむ、と頷いた。

幕府の力をもってすれば、まだなんとかできる、と思っているらしい。

「鴻池屋のような商人に大名たちの頭が上がらぬようなことがあってはならぬ。まず、それら藩の内情をつぶさに調べよ」

「かしこまってございます」

通喬が平伏した。

「いずこの藩にも事情はあろう。今は太平の世じゃ。世情も変わり、なにかと物入りとなっておる。武家にできる手はわずかじゃ」

みなが一斉に頭を下げて平伏した後、また、にこりと吉宗に笑みを向けた。

「いずれにしても、強力な商人勢に対抗いたしまするには、武家の側でも産業を興し、資金を生み出していかねばならぬかと思いまする」

俊平が、思ったままをはっきりした口調で言った。

「武家が、産業を興すと申すか……」

「それくらいのことをいたしませんと、このままでは、商人の力にいずれ武士は圧倒されましょう。そうならぬためには、武家も、それなりの覚悟が必要と存じます」

「そうかもしれぬの」

吉宗が、溜息をついて肩を落とした。

「それがしの藩でも、酒蒸し饅頭屋を営んでおります」

俊平も、恥ずかしそうに言った。

「うむ、聞いておる。それにしても、近頃の商人どもの勢いはすさまじい」

吉宗はまた、溜息をついた。

「はい。にわかに強うなってまいりました」

大岡忠相が言った。

「商人の時代よの」

「商人と手を組み、ひと儲けを試みる輩どもが、近頃武家にもおるそうでございます」

「そうか」

「城中にも、いるやもしれませぬぞ」

冗談めかした口調で、俊平が吉宗に告げた。

詳しく理解しているわけではない。単なる俊平の勘である。

「されば、奉行か、老中か」

怪訝そうに俊平を見返して、吉宗が探った。

「定かではありませぬ……」

「あるやもしれぬな。油断ならぬことじゃ。これにて休みといたす」

吉宗がみなを見まわし、立ち上がると、一同揃って将軍御座の間を退室しようと立ち上がる。

「待て、今日はじっくり対局してみたい。どうだ」

吉宗が俊平の袖を引き、小声で言った。

「それも、よろしうございますが……」

俊平は、わずかに首を傾げてみせた。

近頃の吉宗は熟考が多く、一局を終えるのにけっこう時がかかる。それだけ吉宗も腕を上げてきたのだろうが、俊平も痺れを切らすことが多くなった。

「なに、一局だけにしておく。伊茶を待たせてはいかぬゆえの」

吉宗が笑った。

「まあ、それでは……」

俊平は、将棋盤の前に座った。

駒をばらばらと盤に広げた吉宗は、将棋がよほど好きなのだろう、すぐさま駒を並べていく。

その日も俊平が藩邸にもどったのは、やはり、暮六つ（十八時）をとうに過ぎてからのことであった。

二

「すでに、上様はお越しになっておられますよ」

迎えに出たお局館の常磐が、興奮気味に俊平へ耳打ちした。

元大奥づとめの女たちが城を追放され、寄り集まって暮らしはじめているところに、俊平が訪ねるようになってから、すでにかなりの歳月が流れている。

今では妻の伊茶も加わり、家族のようなつきあいが生まれていた。

「はて、私になんの相談も無くか」

俊平は、困ったように頬を撫でた。

その日、俊平は次のお忍びの町歩きはどこがよいか、と中奥（なかおく）の将軍御座の間を訪れてみると、すでに吉宗はどこかに姿を消していた。

小姓頭（こしょうがしら）の新之助（しんのすけ）に尋ねてみれば、吉宗は公方様こと喜連川藩主の喜連川茂氏と、勘定奉行の河野通喬と二人の一万石大名を伴い、御座の間を出ていったとのことであった。

やむを得ず、吉宗が訪ねてみたいと口に出していたお局館を訪ねてみると、やはり吉宗の姿はそこにあった。

「それにしても、驚いたな。どこからまいられたのであろう」

「勘定奉行様の河野様のお屋敷から、来られたそうにございます」

常磐が苦笑いしている。

「なに、通喬殿の屋敷からか」

旗本屋敷への訪問とは、呆（あき）れた話である。

どうやらこれは、吉宗の悪戯（いたずら）心から発したものらしい。

「されば、粗相（そそう）のないように頼む」

俊平が、常磐に小声で耳打ちした。

「心得ておりますよ。じつは私どものところで、今日はお客様をお招きし、宴を開くことになっておりました」

常磐は、意外なことを言った。

「はて、なんの宴だ」

「私どもも、大奥を飛び出して二十年になります。本日は、それを記念しての祝いでございます」

「そうか。もはやそれだけの歳月が経ったか。どのようなお客人が来る」

「まあ、お弟子さんが中心ですが、うちのお弟子さんには、商人のお妾さまもけっこう多く、旦那を連れていらっしゃいます」

「なに、商人の愛娼が旦那を連れてか。それは、面白いの」

俊平は、先日大船を借り切り、川遊びをしていた天下布武の大商人と妾をふと思い返した。

「それにしても、もう来ておられたとは。上様はお戯れが過ぎよう」

「そのようなお方でございますよ、上様は」

常磐は、吉宗の性格を摑んでいるらしい。

「そなたら、上様に大奥から追い出されたこと、忘れてくれるか」

俊平が、常磐に片目をつむって見せた。

「わかっておりますよ。みな、恨み心など抱いちゃおりません。それより、大奥ではめったにお姿を見ることのできなかった上様に、今日はお近くで接することができ、喜んでおります」

「それはよかった。してそなた、久しぶりの上様をどう見るな」

「まだまだ潑溂として、若々しいごようすでございます」

「そうであろう。私も、上様はお歳よりも十(とお)はお若いと見ておる」

俊平が、我がことのように胸を張った。

「ほんとうに。潑溂としていらっしゃいますよ」

寄ってきた吉野(よしの)が、常磐と並んで笑いながら頷く。

「今は、お忍びの町歩きが愉快でならぬらしい。今日は、酒膳のほうもよろしく頼むぞ」

吉野に向かって、俊平が言った。

「料理もお酒も腕によりをかけ、ご用意しております」

吉野が、笑って胸をたたいた。

「すまぬな。恩にきる」

俊平は、二人の女に手を合わせた。

「まあ、大袈裟な。ささ、こちらでございます」

常磐に導かれ、奥の大広間を訪ねてみると、すっかり寛いだ姿の将軍吉宗をはじめ、喜連川茂氏と二人の一万石大名、それに勘定奉行の通喬と明るい顔で談笑している。

向かい側はほぼ商人とその連れの女で、商人は商人で、みな盃片手に談笑していた。

「上様、悪戯がすぎまするぞ。お探しいたしました」

俊平は、にやにや笑っている吉宗の隣に着座すると、困り顔をつくってみせた。

「すまぬ、俊平。町に出たい一心での。昨夜など、眠れぬほどであった。忠相には悪いことをしたが、今日は省かせてもろうた」

俊平を見返して、吉宗が言う。

「私も、省かれましたな。煙とうございまするか」

「いや、そのようなわけではないが……」

吉宗は、悪戯心か苦笑いを浮かべている。

通喬など見れば、すまぬと顔を伏せている。

「茂氏殿は、この館は初めてか」

俊平が、一柳頼邦の隣に座す巨軀の喜連川茂氏に声をかけた。

「いや、前に来た。それより……じつはな、上様がお忍びで町を徘徊なされるとの噂が、城内に広まりはじめている」

茂氏は俊平の問いに答えずに、城内で耳にした噂を告げた。

「やはりそうか」

俊平が困ったように、二人の一万石大名を見返した。

「おぬし、それを誰から聞いた」

「昵懇のお城坊主から聞いた」

「それは、まずいの」

一柳頼邦が、小さく舌打ちした。

「もそっと秘密裡に城を出ねばな。とまれ、今日は愉しい一日となりそうだ」

常人の二倍はあろうという大きな体を曲げて、茂氏が応えた。

「上様、館の女たちが揃ってひと舞いするそうでございます。お愉しみくだされませ」

酒膳の手配をしていた常磐が吉宗にそう言うと、上座に立ち、来客をぐるりと見まわした。

「私ども、大奥から離れて実家にもどるとき、それではつまらぬと、江戸の町の一角で茶や花や、お芸ごとの稽古場を開くことになりました。お蔭様でみなさまにご贔屓いただきまして、評判がよく、二十年の歳月が経ちました。その間困難も多々ございましたが、ひとえにみなさまのお蔭にて今日に至ることができました」

常磐が丁寧に頭を下げ、一同を見まわすと、一斉に喝采が起こる。

「そのお礼を兼ね、本日はささやかながら、二十周年の祝いの席をご用意いたしました。どうぞ、ごゆるりとお寛ぎくださいませ。あ、本日は賓客(ひんきゃく)をお招きしております。江戸の守護神、二代目市川団十郎様の列席を賜ることになっております」

常磐が一礼すると、大きなどよめきが起こった。団十郎は、遅れてやって来るらしい。

「大奥流の稽古所は、さすがにひと味ちがうよ」

「成田屋(なりたや)——！」

大向こうから声がかかる。

場内がわっと弾んだところ、女たちがそれぞれ弟子たちのもとに行き、熱燗(あつかん)を傾けた。

みな寛いで盃を受け、膳の料理に箸を伸ばしはじめた。

三人の一万石大名に喜連川茂氏と伊茶も加わり、吉宗の周りも大賑わいである。

「うむ、うむ」

吉宗も、機嫌よく女たちの酒を受ける。

吉野に促され、吉宗は、まぐろの切り身に箸を伸ばしはじめた。まぐろを食べるのは、初めてらしい。

まぐろは大魚だけに、鮮度に問題があり、江戸の町民にはあまり食べられなかったが、さまざまな試みにより、しだいに食べられるようになり、やがて鮨ネタともなって、人気になっている。

「町人ばかりか、武士も手を伸ばすようようになり、今日ではみなが喜んで食しておるとか。ただ御城では、未だに食されておりません」

一柳頼邦が解説する。

「さようか」

吉宗は、ふむふむと頷いた。

「食べてみれば、これがことのほか美味。脂が乗って、口当たりはすこぶるよろしうござって、箸が止まりませぬ」

「そうか、余はこれまで、そのように旨いものを食さずにいたのか。まことにもったいないことであった。どおれ」

吉宗は、箸の先に切り身をつまんで、ゆっくりと口に運んだ。

歯ごたえを、確かめるように嚙みしめると、一同を見渡した。

「ううむ」

と、唸り声をあげ、また一瞬押し黙って、一同が吉宗のようすをうかがう。

「これは、旨い！」

「ああ、よかった――」

常磐が、お局様方と顔を見合わせて、安堵の吐息を洩らした。

「余は、このように美味なる魚を食したことは、一度とてないぞ」

「まことでござりますか」

俊平も、吉宗をうかがった。

「まことも、まこと。これなら、いくらでも食べられる。もっと沢山持ってきてくれぬか」

吉宗は、くだけた調子でそう言うと、一万石大名が笑い出した。

女たちが、大皿に持った切り身をつぎつぎに持ってくる。

「ささ、みなさまも」

吉野に促され、大名たちも、みな思い思いに、まぐろに箸を伸ばした。

吉宗が連れてきた勘定奉行の河野通喬は、これは旨そうな物にありついたと、遠慮なく大口を開けて、ぱくつきはじめた。

小柄で額の飛び出した河野は、きびきびと動き、どこか愛嬌（あいきょう）がある。なかなか知恵は回りそうで、さぞや金勘定は上手いであろう、と思わせる人物である。

「どうじゃ、河野殿――」

俊平が笑って訊ねた。

「このような魚、食ろうたことがありませぬ」

額を上げ、目を輝かせて早口で言う。

「さようか、それはよかった。じつはな。拙者など、町の料理屋でいつも食しておる。このような旨いものを知らずにいるのは、人生の損失じゃぞ」

立花貫長が、面白がって通喬の肩を取った。

奉行というもの、旗本の役職で貫長などは軽く見ているようである。

「まことに」

通喬が、素直に頷いた。

「いずれも、これは城では出されぬ」

吉宗が、不満そうに言う。

「それでは、こちらもお試しくださりませ」

綾乃が、背後に控える吉野に目配せした。女たちがいっせいに立ち上がる。

やがて女たちによって運ばれてきたのは、よい香りのする味噌田楽であった。

「これこそ、お城ではけっしてお出しにならぬもの、と思いまする。しかしながら、すこぶる美味にて、町衆は好んで食べております」

味噌田楽は綾乃の好物らしく、自信ありげに言った。

「なんじゃ、これは」

吉宗が串に刺された五本の田楽に、目を丸くした。

「味噌田楽にござります」

「はて、聞いたこともない物じゃの」

吉宗は、盆に乗った串料理を見つめ、ぽかんとしていたが、やがて旨そうにぱくつきはじめた。その勢いが凄まじい。

「ところで、このように旨い物、なぜ城では出さぬのだ」

吉宗が不満を言っている。

と、玄関で人の声があり、つかつかと人が廊下に上がり込んでくる足音がある。

「あ、これは――」

立花貫長が声をあげた。

見返せば、大御所二代目市川団十郎であった。

二人の供を連れている。

戯作者の宮崎翁、それに、いつもここに稽古に通っている女形の玉十郎の顔がある。大御所は大きな眼を開き、ぐるりと部屋を見まわした。

常磐から上様がお忍びでご来訪されたと聞いたので、二人を伴ってやって来たらしい。

小心者の玉十郎など、顔が強張って、足を一歩も前に運べないようすである。

俊平が、団十郎を手招きした。

「おお、団十郎殿。ここだ、ここだ」

大御所団十郎は部屋に入り、酔っ払って横になっている吉宗の寝姿に、はっとした。

俊平が笑って、大の字で寝ている吉宗を団十郎に紹介した。

「こちらが、松平紀ノ介様でございます」

「あ、これは――」

大御所団十郎が、寝ている吉宗に平伏すれば、宮崎翁も玉十郎も揃って、かしこまって平伏した。

部屋には客が大勢列席しており、中央に踊り疲れた男たちが、のびている。

女たちが早速、団十郎ら三人に酒膳を用意した。

その物音に気づいて、吉宗がむっくと起き上がり、団十郎を見つけて誰であろうと小首を傾げた。

「市川団十郎殿でございます」

俊平が吉宗に、団十郎を紹介した。

「おお、ようまいられたな。そなたは、江戸の守護神と聞く。余も頭を下げねばならぬな」

吉宗が起き上がり、丁重に頭を下げれば、大御所は恐れ入るばかりである。

「すまぬな。改革の初期には気負いすぎての。歌舞伎の者たちにまで、厳しい沙汰ばかりを申し渡した。さぞや、辛い思いをしたことであろう」

吉宗が、団十郎の肩を取って慰める。

「あ、いえ、今は慣れ、ちょうどよい具合いと思います」

団十郎が吉宗に面を上げて、汗を拭った。

「そうか、それならよいが」

吉宗が笑って、ふむふむと頷き、

「なるほど、ちょうどよい具合か……」

うまいことを言うものだと感心した。

「団十郎殿の一座は、いつも満員御礼。これ以上人気になっては、客が小屋に入りきれぬゆえ、ちょうどよいようでございます」

貫長が笑って、団十郎の言葉を補った。

「そうか。されば、同じ江戸の守護神二人じゃ、仲良くやろう」

吉宗が、団十郎の肩をたたいた。

「松平様。こちらは、芝居の台本を書いております宮崎翁。こちらが、女形役者の玉十郎にございます。玉十郎は修業中の身にて、お局様方に茶と三味線を習っております」

「ほう、修業中か。感心じゃな。余もいちど、そなたの芝居を見物してみたいものじゃ。されば、近づきの印に、なにかひとつ演じてくれぬか。団十郎」

吉宗が、団十郎の肩に手を寄せたまま言った。

団十郎は、宮崎翁と玉十郎を見て、

「生憎(あいにく)、ここで芝居の一幕を演じることはできませぬが、されば、私がひとつ見せ場をご覧に入れましょう」

団十郎は部屋の中央に進み出ていって、そのまますっくと立ち上がった。

「飛び六方でございます」

左足を出す時は左手、右足を出す時は右手を出し、勇猛果敢に六方を踏む姿は勇ましい。

「これが噂の飛び六方か。そちの演技は、まことに勇壮。見事なものじゃな」

吉宗が、満足そうに頷いた。

「ご満足いただければ、幸いにございます」

団十郎が、笑顔をまじえて頭を下げた。

「そうだ、そちは睨みも有名であったの。それも、やってはくれまいか」

「されば、睨みは、こうでございます」

団十郎が手を広げて、大きく目を剝いて睨みをきかる。

会場から喝采が起こった。

「されば、いちど座にお運びくださりませ。芝居好きのお大名方も、大勢いらしておられます」

宮崎翁が、穏やかな口調で吉宗に語りかけた。吉宗はその笑顔につられ、顔をほころばせて、

「そうか、そうか。されば、いずれ訪ねるもよし。これからは、芝居も、余の愉しみのひとつに加えてみたい」

と、深く頷いた。

「ところでな、団十郎。余は今、俊平らの一万石大名の同盟の仲間となっておってな。俊平や、貫長、頼邦などと同じ、小大名のつもりじゃ」

吉宗は、笑って大きく胸を張った。

「さようで」

「されば、そのように改まることなく、もっと気楽に接して欲しい」

吉宗は、宮崎翁と、玉十郎にも頭を下げる。

「と、申されても……」

団十郎が困惑し、二人の座員と顔を見合わせた。

「ほんとうに、よろしいので？」

「よい、よい。俊平といつも接しているように、肩の力を抜いて気楽に話してみてくれ」

吉宗は、団十郎の肩に手を乗せた。

「まあ、それでは――」

団十郎は吉宗を見返すと、にやりと笑い、足を崩して胡座をかいた。

「されば、なんとお呼びいたしましょう」

「うむ。余は今、松平紀ノ介と申しておる」

「松平、紀ノ介様。なかなかに風格のあるお名で。されば、松平様とお呼びいたします」

団十郎は宮崎翁、玉十郎と頷き合った。

一座の者も、松平の名を口にしてみる。

「それにしても、このようにのびのびした気分は、久しぶりじゃ。じつに愉しいものじゃな。そうじゃ、余が、大名であることも忘れてしまってくれ。人は、みな同じじゃ」

「その前に、松平様。一万石大名は、自分のことを余などと、申しませぬぞ」

俊平が、笑って吉宗を諭した。

「そうであったな、では、どう言う」

「それがしとか、拙者と申します」

「されば、気をつけよう」

吉宗は咳ばらいをして、それがし、それがし、と言いながら膝を崩し胡座を組むと、膝に拳を乗せた。

「寛げるの」

吉宗は肩の力を抜き、笑顔を向けると、

「おおっ」

と顔を歪めて、腰を押さえた。

「また捻ったわ、ちと痛い」

寛ぎすぎて、持病の腰痛が出てしまったようであった。

「これはいけませぬな。これ、伊茶」

俊平が慌てて吉宗を横にさせ、後ろを振り返ると、伊茶が駆け寄ってきた。

膝を屈して吉宗に擦り寄っていくと、急ぎ風呂敷包みを開き、枇杷の葉治療の道具の一式を取り出した。

「ささ、紀ノ介様、横になってくださりませ」

まず、小さな上掛けなどを吉宗にかけた。

温めたコテを指に当て、温かさを調べると、袋から枇杷の葉を取り出す。

吉宗は伊茶の手元を見て、なにが始まるのかもわからぬまま、ごろりと向きを変えた。

「伊茶、すまぬな」

お局様方が用意してくれた火種で、伊茶は枇杷の葉をあぶりはじめた。

良い薫りが立ち上がっている。

「それでは上様、失礼いたします」

伊茶が、吉宗の腰に枇杷の葉を当てる。

吉宗の腰に丁寧に枇杷の葉を滑らせていけば、

「これは、なんとも気持ちがよいわ……」

吉宗は気持ちよさそうに、うとうとしはじめた。

吉宗は満足そうに目を閉じ、小さな鼾(いびき)をかきはじめた。

そのとろりとした表情に、俊平と貫長が顔を見合わせ微笑んだ。頼邦など、つられて目を閉じかけている。

「なんとな。枇杷の葉治療は、このように心地よいものなのか」

貫長が、吉宗の顔を覗き込んで言った。

「堂々たるお顔じゃの」

やって来た喜連川茂氏が、巨体を傾けて、吉宗の寝顔を覗き込んだ。

「これは、じつに気持ちよいものだよ。幾度か施術すると、病も消えてゆくという。

お蔭で、私もこれまで大病をせずに済んでいる」

俊平が誇らしげに応じた。

「柳生殿。ならば、ぜひ私もまた治療してもらえぬか」

茂氏が、手を上げて頼んだ。

「任せておけよ。体が大きい分、手間もかかろうが」

俊平が、笑って茂氏の肩をたたいた。

と、廊下が妙にうるさい。

みなが目を向ければ、商人ふうの男が数名の番頭を従え、風を切るような勢いで、どかどかと部屋に入り込んできた。

「おお、春風堂か」

客として座っていたもう一人の商人ふうの男が、手を上げた。

「あ、これは鴻池様。お愉しみのところ、申し訳ございません。只今、第二便を堂島に送りました」

小腰を屈め、鴻池と呼ばれた男に伝えた。

どうやら、投資資金輸送についてらしい。

「それは、でかした。ご苦労でしたな」

「もう大分集まりました。いつでも勝負をかけられます」

「そうか」

鴻池が、破顔して応じた。

俊平らの視線が鴻池に注がれていることに気がついて、鴻池が手を上げた。

「お騒がせしております」

大名を畏れるようすもなく、気軽な態度である。

「そなたは」

俊平が、鴻池に向けて問いかけた。

「大坂の米の仲買人にて、鴻池民右衛門と申しまする」

「はて、米の仲買人とは……」

目を覚まし、近づいてきた吉宗が、問い返した。

「大坂堂島にて、米の売り買いを行っておられます」

戯作者の宮崎翁が、小声で耳打ちした。宮崎翁は、大坂出身の元売れっ子役者であった。

「ほう――」

「さ、みなさまもこちらへ」

団十郎は顔見知りらしく、鴻池をあらためて吉宗らに引き合わせた。

「儲かるのか」

吉宗が皮肉気に訊ねた。

「委細は申せませぬが、我ら商人の用意する金は、いささか額がちがいまする」

鴻池民右衛門が、鼻を膨らませて吉宗を見返し胸を張る。

小商人の儲かる、儲からぬ、という話とはちがうらしい。

「堂島の米取引は、噂に聞いておる。米を取引する場にて、その相場では、このところ幕府がいつも敗退しておるそうな」

頼邦が笑って言った。

「売りを仕掛ける者たちの金額などは、いつも軽々超えております」

鴻池民右衛門が、自慢げに言った。

「そうか、超えておるか」

吉宗が、むっとして鴻池を見返した。

「われらの力を、幕府は見くびっておるようでございますよ。われら商人の投資額は、もはや将軍家を凌（しの）ぎ、その差は開くばかり」

吉宗らが大名であることなど構うことなく、鴻池民右衛門は平然と語る。

「いずれ、また会おう」

吉宗は憤然と言い放ち、立ち上がって鴻池から離れた。

「これは、驚いた。幕府はもはや及びもつかぬと」

俊平が鴻池に言った。

「さよう」

鴻池は、離れた座に移った吉宗を睨み据え、憮然と座にもどるのであった。

「それを知れば、幕府もさらに必死に米の値上がりを抑えにかかりましょうな」

横から立花貫長が、鴻池民右衛門に言った。

「額にして、いったいどれほどの開きがあろうな」

俊平が、気軽な調子で鴻池に訊ねた。

「はて、商人側の資金は、幕府側を五十万両は上回っておりましょうな。まあ、これだけの開きがあれば、幕府の介入は無駄。なさらぬがよろしかろう」

「五十万両……」

俊平が、唖然として貫長と顔を見合わせた。

「千両役者と申しても、わずかに千両。五十万両とは、桁ちがいの額でございますな」

団十郎が呆れた口調で言えば、離れたところで聞いている吉宗も、盃を握ったまま呆気にとられている。

「だから申しております。お武家はお武家。商人の取引には関わらぬことです」

鴻池民右衛門は、番頭らと顔を見合わせ笑った。

俊平が、苦笑いして貫長と顔を見合わせた。

三

道場での稽古を終え、自室で寛ぐ俊平のもとに、大御所市川団十郎からの招待状が届いたのは、お局館での宴のあった三日後のことであった。

芝居茶屋〈泉屋〉で、芝居好きの大旦那鴻池民右衛門が一座の者を招き、宴を開くことになったので、ぜひ列席いただきたいという内容のものであった。

なんでも、柳生俊平が団十郎の友であることを知り、それなら、ぜひ芝居談義をしてみたいと言っているという。

数日前のお局館で将軍吉宗が、鴻池の尊大ぶりを気にしていることを察知し、団十郎が気を利かせて招待してくれたものと俊平は察した。

（これは、よい機会だ――）

俊平は、とるものもとりあえず、急ぎ芝居見物の客で賑わう堺町（さかいちょう）の〈泉屋〉に向かった。

芝居茶屋とは、一座が大向こうに陣取る上客（じょうきゃく）を接客するための店である。鴻池民右衛門は、すでに番頭五人に愛娼のお慶（けい）、剣鬼（けんき）の匂いただよう用心棒を伴い訪れており、団十郎や売れっ子役者らの接待を受け、盃を片手にゆったりと脇息に身を委（ゆだ）ねていた。

「これは、柳生先生――」

俊平の到着に気づいた若手の一人が、部屋の入り口で小腰をかがめて挨拶すると、部屋の上座で俊平に気づいた団十郎が手を上げて、

「柳生先生、こちらで」

と、高く声をあげた。

鴻池民右衛門が、俊平に気づき笑顔で迎えた。俊平は鴻池の右隣に、ゆったりと腰を下ろした。

「柳生様。こちらが大坂堂島の米の仲買人、鴻池民右衛門様でございます」

団十郎が民右衛門を立てて、丁寧な口調で紹介した。

「これは、これは、柳生様。お局館ですでに会うておりますな」

民右衛門が、満面の笑みで手ずから俊平に酒器を向けた。

その鷹揚な素振りが、いかにも大商人である。

俊平はそれを受け、ゆったりと盃を口に運んだ。

「本日は、芝居の話もよいが、それがし、いささか投資に興味がござりましてな」

俊平が、さっそく話題を米相場に向けた。

「ほう、それは、存じませんでした」

鴻池民右衛門が、意外そうに俊平を見返した。

役者たちも、意外そうに俊平を見返している。

店の女たちが、笑顔で追加の酒を運んできた。

「しかしながら、それがし、米の売り買いとは無縁の暮らしぶり。まず、どういう仕組みで米取引が行われておるのか、ご教授いただけまいか」

俊平が酒器を向けて、鴻池民右衛門に笑顔を向けた。

「大名様なら無理もないこと。まして、剣術の先生が相場に詳しいわけもなし。餅は餅屋でございます。簡単にお話しいたしましょう」

鴻池民右衛門が、盃を膳に置き、笑って俊平に向き直った。

「米の仲買を商う者は、堂島十五町に住まう者に限られ、そのなかでも蔵米の二種の取引を行う権利を持つ者どもに限られます」

民右衛門が、酒を勧める女の酒器を受け止めて言う。

「ほう、二種ですか――」

「さよう。正米、帳合米の二種の商いにござります」

団十郎一座の役者たちも、訳がわからぬと、難しそうな顔で聞いている。

「それぞれ、どのようなものです」

「まず、正米商は、米をいつでも取り扱うことのできる米切手を売り買いいたすものです」

「なるほど、されば帳合米商とは」

「一年を、三季に分けて、売り買いいたします」

「よくわかりませぬな」

俊平は、正直にそう言って笑った。

「帳合米は、実際に正米を受け取らず、帳簿の上の記述のみで決済、売り買いするものです。いわば先物取引ですな。その時の値でなく三月先の値を想定して売り買いいたします」

「なぜ、そのようなことをなさる」

「先々、米価が高騰したり下落したりしては、売値の予想がたたぬゆえ、まず安定した売値を定めて、安心して待つのです」

「なるほど。それで、鴻池殿が売り買いされているのは」

「帳合米取引も行いますが、主に正米の相場、現物取引です」

「なるほど。やはり堂島の米相場は、現物取引が主なのですな」

「さよう。現物取引のほうが、圧倒的に取引額が多く、米価も大きく動きます」

「なるほど、面白そうですな」

俊平が、民右衛門を見返して笑った。

「柳生様も、いかがでございますか」

民右衛門が俊平に笑いかけた。

「いやいや、わずか一万石の柳生藩では、とても、とても。投入する資金もござらぬ。無理と思うております」

「なんの。たとえ小藩でも各藩の力が加われば、それだけ騰勢がつきます。買い方がますます優勢となり、より安全な投資となります。きっと藩も潤いますぞ」

「さようか」

俊平は、考え込むふりをして腕を組んだ。

「じつは私の店でも、多数の御大名が買い方についておりましてな。名は申せませぬが」

「まことか」

俊平は、驚いて民右衛門を見返した。

「やってみたら、いかがです。あっしもやってみてえが、さすがに」

団十郎が誘いかける。

「ふむ。されば、考えておきましょう」

「お仲間を募って、どうぞ買い方に」

民右衛門はそう言いおいて、店の女を抱き寄せた。

俊平がしっかり頷いた。

「ところで、あちらは」

俊平が、鴻池に訊ねた。

鴻池の連れてきた三人の番頭のさらに向こうで、役者たちが酒器を女と浪人者に向けている。

「よい女でござろう。あれは、わしの妾でしてな」

鴻池が、得意げに言った。

　こちらの視線に気づいて、女がこちらに笑顔を向けた。

「お慶と申しまする」

「垢抜けたよい女子でござるな」

　鴻池の耳元に口を寄せ、俊平が羨ましげに言った。

「このところ、どこにでもわしの後を付いてくる」

　鴻池はさらに顔を崩し、

「元は柳橋（やなぎばし）の芸者でございましてな。界隈一の美貌で、私が身請けしてやりました」

「なるほど、されば、あの侍は」

「小笠原刀角（おがさわらとうかく）と申す流れ者の剣客でしてな。私の警護役を命じております。商人ながら、敵が多く困り果てており、周りに勧められ雇い入れました」

　鴻池は、紅らめた顔を俊平に向けて嘆いた。

「柳生様のお目にとまり、光栄にございます」

「されば、腕も立つのでございましょう」

「私は商人ゆえ、腕はわかりませぬが、長らく武者修行をして、諸国を巡っていたそうで、江戸で道場破りを重ねておりました。評判を聞き、雇い入れた次第。私には犬のように従順な奴です」

鴻池は、喜んで男を見返した。

「それは、頼もしい」

俊平が愛想笑いをした。

「はて、まことにそう思われまするか」

「思いまする」

「腕は立ちそうですか」

「きっと」

鴻池は嬉しそうに、女に俊平へ酒をすすめさせた。

それを受け止めて、

「ふむ」

俊平は、あらためてその男を見返した。

半眼に目を開き、片膝を立てて誰も寄せ付けない風情で、独り手を上げて盃を呷る。

俊平の視線を感じたか、刀角がこちらをちらと見返した。

鋭い気配が流れる。

と、どかどかと階段を上がってくる一群がある。

女たちが、悲鳴をあげた。

五人の荒くれ者たちを率いた商人が、部屋を見まわし鴻池を見つけて近づいてくる。

「騒がしいぞ、春風堂――！」

鴻池が一喝した。

「へ、へい」

春風堂と呼ばれた男が、頭を下げた。

「お報せする用件がございまして……。そなたは」

春風堂が俊平を見つけ息を呑み、睨みつけた。どうやら、俊平の顔を覚えているらしい。

背後の五人を見れば、俊平と川開きの大川の船上で争った男たちである。

「こいつは」

「柳生様だ。柳生様は将軍家剣術指南役ながら、まこと趣味人の面白いお方でな。団十郎殿と三人で芝居談義を愉しもうとお呼びした。おまえは、おとなしく酒を飲んでおれ」

鴻池は春風堂をひと睨みし、手で追い払った。

春風堂は、もう一度憎々し気に俊平を一瞥し、強面の男たちは、部屋の一角に陣取った。

酒膳が用意され、四散(しさん)した若手の役者たちが、恐々と春風堂と五人のもとに寄っていく。女たちも、笑顔で恐る恐る近づき、酒器を向けると、ようやく機嫌をもどし、盃を取った。

「されば、座興をひとつ」

団十郎が役者に声をかけ、おもむろに立ち上がった。

若手の人気役者が、揃ってつぎつぎに舞いはじめた。

「おお、これは見事な！」

鴻池が声をあげた。

鴻池の番頭らも、すっかり感心して手拍子を取る。鴻池の者は、みな上方(かみがた)歌舞伎が好きらしい。

その夜、俊平は鴻池と芝居談義をひとしきり愉しみ、暮五ツ（夜八時）すぎにようやく〈泉屋〉を後にしたのだった。

四

「ところで江戸の町では今、米相場の話で持ちきりだというな」

俊平が女たちに問う。

「そのお話ですよ、梅次お姉さん」

染太郎が、しみじみとした口調で言う。

「値が上がりすぎて、一合だって買うことができない町人も、大勢出てきているそうです」

「ほんとうの話？」

音吉が驚いて、梅次に問いかけた。

「ほんとうも、ほんとう。打ち壊しも起きているっていいます」

梅次が、大きく頷いた。

「はて、そんなことまで起きておったか」

一柳頼邦が、目を見張っている。

「大川に、身を投げる人だっているそうですよ」

染太郎が、みなを脅かすような口ぶりで言った。

「まことか――」

立花貫長が深刻な顔をした。

「あたし、米相場のことなんて、なにも知らないけど、お客さんの話じゃ、米相場は天井に近いという話だけど」

染太郎が言った。

「だが、天井に近いと言っても、なかなか下がらぬようだ」

貫長が言った。

「米商人が、強引な手口で値を吊り上げて、面白がっていると聞いております」

染太郎が、顔を歪めて三人を見まわした。染太郎の贔屓の客には、米商人が多いらしい。

「あたしのお客さん、だからみんな大はしゃぎ」

「小癪な商人らめ」

貫長が怒って、手を震わせ猪口の酒を零した。

「まあ」

慌てて染太郎が貫長の袴を拭う。

「ともあれ、商人は、みな買い方です」

「このままでは、米価は下がらず、町民は苦しみつづけることになろうな。これは、幕府はさらに介入して、なんとしても相場を冷やさねばならぬ」

俊平が、断固とした口調で言った。

「俊平、幕府はすでに幾度も介入して相場を冷やそうとしたと聞く。だが、焼け石に水らしい」

一柳頼邦が、悔しそうに言った。

「じつは、そのとおりなのです」

通喬が頷く。

「たとえ一時は下がっても、米価はまた勢いがついて跳ね上がっていくと、商人たちは得意がっています」

染太郎が、忌々しそうに言った。

「鴻池民右衛門は、たしかに天下を取ったような気分であろうな。もはや、歯が立たぬのか」

俊平が、盃を置いて貫長に訊いた。

「おそらくは、米の俸禄で食うておる武士は、喜ぶ者も少なくなかろう。だが、町衆はたまったものではないの」

貫長が、厳しい口調で言った。藩主の身分でありながら、貫長は町人に味方している。義憤を感じているらしかった。

「このこと、ぜひとも上様に言上せねばならぬな」

貫長が、決断するように言った。

「上様も、このことは常々お怒りであられる。まことに、なんとかせねばな。それが、政というものだ」

俊平も、貫長に同調して、盃の酒をぐいと飲み干した。

「それにしても、こたび上様は、お忍びの町歩きで、さまざまなことを学ばれましたね。町人の生活が苦しいことも、お知りになりました。少しずつ、よいことが起こりそうでございます」

梅次が言うと、女たちが頷いた。

「まあ、そこに期待したい」

俊平も小さく頷いた。

「されば、今宵は、明日の政策に期待して、よい気分で飲むとするか」

一柳頼邦が、ぐるりと一同を見まわした。

「よし、大いに楽しもう」

貫長が言う。

「今宵の飲み代は、幕府がお持ちします」

通喬が胸をたたいた。

「大丈夫か。ご金蔵侍（きんぞうざむらい）」

頼邦が、通喬の肩をたたいて言う。

「なあに、これしきの額でございます」

通喬は、ちょっと不安な顔をして、また胸をたたいた。

第三章　完敗の予感

一

江戸の三町年寄の一人、奈良屋市右衛門から俊平のもとに、内々に山王祭の山車のお披露目を行うので、ぜひご臨席いただきたい、との招待状が届いたのは、三大名が〈蓬萊屋〉で夜遅くまで飲んでから、三日ほど後のことであった。

（ふむ。されば、団十郎殿も、お局様方も来られような）

俊平は含み笑いを浮かべ、

――されば、出かけてみようか。

と、用人の惣右衛門に外出の支度を整えさせた。

江戸三大祭りのひとつ、山王祭は、日枝神社の祭礼としてつとに名高い。

江戸の守護神である神田明神に対して、日枝神社は江戸城そのものの守護を司っていたため、幕府の保護が手厚く入り、祭礼の費用が一部用意され、大名旗本まで動員されている。

江戸の町を挙げてのこの祭礼の見どころは、山王宮神輿と山車の行列であり、女猿、馬乗り人形、松に羽衣、漁夫などといった、珍妙な演し物が記録に残っている。

初めは、王朝ふうの神輿と山車が、江戸の町をしずしずと練り歩いていたが、江戸も中期になるとしだいに遊び心を加えて、変わり種の奇妙な山車が登場することになる。

二年に一度の山王祭を翌年に控え、山車の演目も着々と決まると、江戸の町年寄の奈良屋市右衛門のもとで、演目の内覧が行われることが決定したのは、その年の七月の、暑い夏の盛りのことであった。

来年の山車は、人気の団十郎が一座の役者とともに勧進帳の装いで山車に乗り、手を振る趣向が話題となっていたが、他にお局様方が音曲に合わせて羽衣の舞いを披露するのも昨年につづき人気が出るだろう。

そして今回は、柳生俊平も誘われ、山車の上で、武蔵と小次郎の対決を演じることが決まっていた。

だが、小次郎役がまだ決まっていない。

本来、二人の一万石大名のどちらかが誘われるところだろうが、二人は、

――目立ちたくない

などと拒みつづけていた。

ところで、お披露目の主催者奈良屋は、三名の江戸町年寄の一人で、なかでも家格は第一と見なされた。

先祖は奈良に居住していた大館氏で、代々、主は市右衛門を名乗っている。

拝領屋敷は、本町一丁目にあった。

吉宗は、この奈良屋市右衛門を大いに気に入り、たびたび江戸の町のようすを訊ねて二人は親密だと、俊平は聞いている。

支度を整えた俊平は、いつもの黒の着流しに太刀を落とし差しにし、藩邸を後にした。

奈良屋の屋敷は、幕府からの拝領屋敷だけに壮麗な門構えで、ほほぉと思わず見上げるほどのものである。

奈良屋市右衛門とは、じつは俊平は面識があった。

市右衛門の娘加代が、将軍吉宗の勧めで、柳生藩邸に奉公に出ているのであった。

茶目気のある娘で、伊茶の遊び仲間のようである。

俊平としては、町年寄の娘だけに丁重に扱わねばならず、伊茶もあまり仕事を命ずることができず、気楽にさせていただけに、どこか柳生藩預かりの姫のようなかたちとなっていた。

門を潜れば、その長い廊下の向こうから、奈良屋市右衛門が近づいてくる。

「これはこれは、柳生様。本日はよくお訪ねいただきました。ご無理を申しまして」

頭を下げる姿は、どこにでもいる好々爺に見える。

ただ江戸の町年寄だけに、その眼光に一瞬鋭い光を宿すこともある。

「みなさま、すでに大広間でお待ちでございます」

「そうか。こたびの山王祭は、山車が殊のほか盛況と聞くぞ。愉しみじゃな」

「じつは……、その前に、ちとご相談がございます」

市右衛門が俊平の袖を引き、小声で言った。

「さるお方のことにございます」

「はて、わからぬな、奈良屋殿。さる御方とは、いったいどなただ」

俊平は、奈良屋の顔をうかがった。

「上様のことでございます」

奈良屋はことに吉宗と話が合うのか、城中でしばしば話し込み、町の実情を伝えて吉宗を喜ばせていた。

「そなたは、上様に格別な贔屓を賜っていると聞いた」

「はい。ただそれゆえ、まことに大変なことを頼まれましてございます」

奈良屋は、一転して困惑の表情を浮かべ、ふと溜息をついて俊平に歩み寄った。

「はて、大変なこととは」

「上様は、これより当家を定宿と決めたと仰せになり、訪ねて来られたのです」

「なんと。上様は、とんでもないことを申される。そもそも、ご当家にどのようにしてお越しになると申されたのです」

「お城より、公方様と申されるお大名に、お供をさせてまいられたとのことです」

「まあ、公方殿なれば安心じゃが」

俊平は、ふむと頷いた。

「まるで人間離れしたお方にございます」

「公方殿なら、私もよく知っておる」

俊平は含み笑った。

「だが、ご当家に上様のことを存じ上げる者が来ることはないのか」

「さあ、それは大丈夫かと。市川団十郎様などは、笑って見ておられました」

「すでに来ておられるのか」

「はい」

「それで、そなたの家では、上様をどのように遇するつもりなのだ」

「上様のお話では、けっして上様のようには扱わぬようにと」

　奈良屋が、不安げに言った。

「それで、警護はどうされるつもりなのだ」

「柳生様がまいられると」

「つまり私は用心棒の、用心棒だな」

　俊平は苦笑いを浮かべた。

「はい。ただ、強面のお侍ではなく、家族に歓迎される男を選ぶそうです」

「こたびの居候が上様であることを、ご家族はみな、承知しておられるのか」

　俊平が、奈良屋の気苦労を連想して訊ねた。

「みな恐れ入っております。しかしお姿を拝見し、その身軽なごようすにいたく安心しております」

「それは良かった。それにしても上様も、まことに困ったお方だ」

「はい――」

「上様は、今どうなされておる」

「祭りが楽しみだと申され、山車に乗る演者に、つぎつぎと声をかけておられました」

「来賓の方々には、気づかれておるまいの」

「団十郎様以外は誰ひとりとして」

俊平は、ほっと安堵の胸を撫でおろした。

「客人には、どのようなお方が来ておるのだ」

「市川団十郎様のほか、例年の出し物で人気を得ておられる方々ばかりです。そうそう、羽衣舞いのお局様も来ておられますよ」

昨年まで俊平も同じ山車に乗っていただけに、市右衛門はお局様方の名をすぐに挙げたのであった。

「そうか」

俊平は玄関先で、履物を脱ぎ、屋敷に上がると、広い内庭に向かって開け放たれた大広間に向かった。

すでに大勢の出演者が広間に、内庭に広がり、演ずる衣装に着飾って、みなで演技の調整をしている。

「ほう、みなやっておるな」

俊平が、ぐるりと広間を見まわすと、

「柳生殿ッ――」

大きな声で、呼びかけてくる者がある。

公方様こと喜連川茂氏であった。立花貫長、尻込みする一柳頼邦を口説き落とし、山車の上で室町将軍と家来衆を演じるという。

供の装束が、奇抜であった。高下駄を履いた天狗の装いで、手に大団扇を握っている。

「そなたら、よく似合っておるぞ」

俊平は、三人に声をかけた。

「どうだ、俊平。我らが、まことの大名だなどとは見られまい」

大団扇を煽って、立花貫長が言う。

「白塗りの厚化粧、天狗の装束では、まず誰にも気づかれまいよ」

俊平が笑って応じた。

「柳生様、いらしておられたのですね」

そう言って近づいてきたのは、お局館では美貌随一の吉野で、薄絹布のうち掛け姿の天女の装いは、女っぷりも鮮やかで、目のやり場に困るほどである。手に、横笛を握りしめている。

「雪乃さん、三浦さんも、あちらにまいられております」

吉野の指さす方角では、二人のお局様が、三味と鐘を抱えて科をつくっているところであった。

「いやいや、愉快じゃな。まるで、芝居小屋の控室のようだ」

俊平は、ぐるりと広間を見まわして、また笑った。

山車の上で演ずる演目を、珍妙な装束で準備をするのも、この祭りならではのもので、ひと昔前の形式ばった地味な行列とは、すっかり様変わりしている。

「柳生様は、来年は、これまでの私どもと一緒の羽衣を束ねる長者様役ではなく、別の演し物をご用意なされると伺いました」

吉野が言った。

「そうなのだ。剣術指南役だけに、武蔵と小次郎の巌流島対決をやってくれと頼まれた。だが相手役がまだ決まっておらぬのだ」

俊平が首を撫でた。

「相手役――？」

「それじゃあ、私たちのなかからお相手させていただいても結構でございます」

「お局様の間からだと――？」

俊平は、目を丸くして吉野を見返した。

「女剣士か……。まあ、それもご愛嬌だが……」

「きっと、受けますよ」

吉野が、片目を瞑ってみせた。

「だが、みな嫌と言って受けぬのではないか」

「誰もいなければ、私がお受けいたしますよ」

吉野が、ポンと胸をたたいた。

「まこととも思えぬ」

俊平が、目を丸くして吉野を見返した。

と、彼方から人の群れをぬって、見覚えのある人物が近づいてくる。

誰であったか、一瞬ふと考えて、俊平は息を呑んだ。

「これは、松平様！」

まぎれもない将軍吉宗である。

その様は、早々と隠居し、悠々自適をきめこんだ気楽なお殿様、といった風情であった。着流しの麻の一重も、小ざっぱりとしている。

ぴたりと寄り添って案内役をつとめているのは、柳生藩の奥向きで奉公している奈良屋市右衛門の娘加代であった。

「おお、俊平か」

「松平様、お戯れが過ぎまするぞ」

俊平は駆け寄って、吉宗を諌めた。

「加代は、そちの屋敷に奉公しているのであったな。すまぬが、しばらくそれがしに貸してくれぬか」

「それは、まあよろしうございますが……」

「それがしはこれより、この家の居候になることと決めた」

「そのような、無茶なことを。警護が難しうございます」

「城から当屋敷までの警護は、喜連川が請け負うと申してくれておる。あの男なら、まずは安心じゃ。それに、それがしがこの家に居候することになったなど、知る者はない」

「しかし、城の暮らしは投げ出されるのでござりますか」

俊平が、語気を強めて吉宗を諫めた。

「なに、その件ならよい知恵を公方から出してもろうた」

吉宗が、にやりと笑った。

「はてどのような――？」

「公方の喜連川藩には、大垣弁蔵（おおがきべんぞう）なる八十石取りの家士がおっての。その者が、私とそっくりの顔だちをしておるそうでな」

「そっくり――？」

「体型もそれがしと同じくらいの巨漢にて、綿服、大草履のその姿は瓜二つ。まるで見分けがつかぬという。いつも喜連川の藩内では、上様、上様とからかわれておるそうじゃ。それがしに似てることを茶化（ちゃか）すとはよい度胸じゃが、そ奴に室町将軍の生活をしっかりたたき込み、それがしの代役をさせては、と申すのじゃ」

「つまり、替え玉を置くと申されるのでございますな。しかし、室町幕府と江戸幕府では、しきたりにずいぶんちがいがございましょう」

「じゃが、公方の威厳さえ示すことができれば、江戸城内での所作など、すぐに覚えよう」

「しかし、あまりに無謀なことでございます……」

俊平は、重い吐息をついた。

「なに。奈良屋を定宿としない場合、たまに城を抜け出す時に限り、替え玉を置くつもりじゃ。町での経験は、町民の悩みを知る大切な務めだ。そのための方策なのだ」

「そういうことでは、ございましょうが……」

「それがしはもう決めたぞ。奈良屋も、協力してくれると申しておる」

「はて」

俊平は苦笑いした。

奈良屋は、俊平にさんざんに悩みをぶちまけていた。上様からの頼みを断るわけにもいかないのである。

「町人の暮らしぶりは、私がお教えします。きっと、安心して居候になっていただけます」

加代が笑って吉宗の胸をつつき、お茶目な笑みを浮かべた。

「この家からそう頻繁(ひんぱん)に町へ出て行かれるわけでもないでしょうし」

「加代の申すとおりじゃ。無茶はせぬ。たまには、そういうこともあろうが、その折にはそちに連絡をいたす。奈良屋の番頭を連絡役に立てよう」

吉宗は、自信たっぷりに胸をたたいた。

「されば、くれぐれも無茶はなされませぬよう」

俊平は、祈るような気持ちで、吉宗に念を押した。

「わかっておる。それに、それがしはそちに柳生流剣法を学んでおる。多少の難儀があっても、切り抜けられよう」

俊平は、啞然として吉宗を見返した。

吉宗はやはり町に出て、難があれば一人でも切り抜けられると思っているらしい。

と、着替えを終えた五人の荒くれ侍が隣室から、肩を揺すって広間に入ってくる。

いずれも派手な鬘を被り、歌舞伎の隈取りを描いているものの、春風堂の五人組のようであった。

歌舞伎の出し物『白浪五人男』のつもりらしい。

「お、柳生ッ！」

侍の一人が立ち止まり、鬘を被った歌舞伎の装束のままで、身構えた。

「おぬしら、山車の上でも町奴のままか。大いに受けよう」

俊平が、からからと笑った。

「俊平、こ奴らは、それがしが相手をしようか」

吉宗が、面白そうに前に出て、刀の柄に手を掛けて脅す。

「それは、いけませぬ」

俊平が慌てて吉宗の前に飛び出し、五人組の前で手を広げた。

と、春風堂の主、相模屋長五郎（ちょうごろう）が、五人に遅れて、肩を揺するようにして部屋に入ってきた。

「おまえたち、やめよ」

と、五人を制した。

「こちらは、大事なお客様だ。無礼であろう」

鴻池民右衛門にも、言い含められているのだろう。口ぶりも穏やかに言った。

五人は、しぶしぶ長五郎の背後に回り、それでも険しい形相で俊平と吉宗を睨み据えた。

と、数人の番頭、手代（てだい）をひき連れ、奈良屋市右衛門が部屋にやって来て、笑顔で一同を見まわした。

「別室に、膳のご用意が整いました。みなさま、ごゆるりとお寛ぎください」

と、満面の笑みを向け、部屋の客を見まわした。

みな、酒膳にありつこうと衣装のまま隣室に移っていく。

吉宗が嬉しそうに俊平を見返した。

「仕方ありませんな、上様。しばらくは、町の暮らしをお愉しみくださりませ」

俊平が諦めて言った。

「柳生様、大丈夫でございます。松平様のことは任せてくださりませ」

加代が、機嫌よくポンと胸をたたいて見せた。

二

四日の後、三人の一万石大名は、勘定奉行の河野通喬とともに、揃って神田日本橋小網町の外れにある、相模屋江戸店に向かった。

表看板は口入れ屋〈春風堂〉で、相模屋は仲介業も兼ねているらしい。

〈春風堂〉は、目抜き通りから一筋奥に入ったところにあるが、それでも人通りは結構多い。

大きな暖簾のはためく三間ほどの広い店の前で、各藩の藩士たちが、浅葱色の紋服を翻し、つぎつぎと敷居を跨いでいく。

「ともあれ、商人どもの戦略を知らねばなりませぬな。お二人には世話をお掛けいたします」

通喬が、貫長と頼邦に頭を下げた。

「わかっておる。相手を知れば、百戦危うからずと言う。まずは、じっくりと先方の話を聞いてくる」

一柳頼邦が、大きく頷いた。

「わしも、西国大名の端くれ。本家の柳河藩や西国諸藩の動きなど、きっと話してくれよう」

立花貫長が、任せてくれと請け負った。

「されば、私と通喬殿は〈蓬萊屋〉で待つ。よろしく頼む」

俊平が、貫長の肩をたたいた。

「柳生殿は、どうなされます」

二人が店の敷居を跨いだのを見届け、通喬が俊平に語りかけた。

「米相場の調べ方を検討したい。二人とは別行動になるが」

「貴方様も、相場にお張りになってみたいのでは」

通喬が訊ねた。

「だが、その金がない……」

「出資金は、幕府がご用意できます」

通喬が、胸をポンとたたいた。

「ならばまず、仲買人の実情を知りたい。こたびも、買い方が勝ちそうか。幕府に損をさせるわけにはいかぬ」

「ありがたきご配慮。お三方が買い方に加わり、買い方に回れば、幕府も多少、苦しゅうございましょうが」

俊平が顔を曇らせた。

「そうか、負けるかもしれぬか」

「まだわかりませぬが、お張りになる額は、ほどほどに」

通喬が、苦笑して言った。

「されば、さきほど申したごとく、これより私と通喬殿は、〈蓬萊屋〉で二人を待ちながらどのように米相場を調べるか考えよう」

俊平がそう言って、町駕籠を拾うべく辺りを見まわすと、通りの向こうからこちらに近づいてくる商人ふうの男がいる。

遊び人らしい崩れたようすのある男だが、装いはしっかりとした商人姿で、物腰も柔らかく二人に近づいてくると、

「もし、お武家様――」

と、猫撫で声で声をかけてきた。

「最初からごようすをうかがっておりました。いずれかのご家中のお方とお見受けいたします」

「藩士ではない。いちおう、これでも大名だ」

俊平が、咳払いして言った。

「春風堂に御用でございますか」

男はさらに俊平に問いかけた。

「そうだが」

冷やかに俊平が応えた。

「金子（きんす）がご入用のごようす――」

「なんだ、おまえは――」

憮然として、俊平が男を見返した。

「私は、春風堂の番頭で広蔵（ひろぞう）と申します。お二人が、私どもの店の前で佇んでおられるので、お金を借り入れにまいられたのだと思い、失礼ながらようすをうかがっておりました」

「大きなお世話だ」

俊平が、不機嫌そうに言った。

「看板は口入れ屋ですが、私どもの店には、お大名が大勢お金を借りにまいられます。もし、金子がご入用でございましたら、ご遠慮なくお声をおかけくださいまし」

広蔵は猫撫で声でそう言うと、笑って両手を揩り合わせた。

「それから、いまひとつ。別にお大名様に儲け話もご用意しております」

「儲け話だと？」

俊平が怪訝そうに、男をうかがった。

「けっして怪しいお話じゃございません」

「金の必要はない」

通喬が笑った。

「ご本心で？」

「そち、まことに春風堂の番頭なのか」

俊平も、疑いの目で問い返した。

「むろんでございます。相模屋〈春風堂〉の筆頭番頭です」

「ならば、儲け話とはなんだ」

「じつは、米相場のお話でございます」

「いずこの米相場だ」

「むろん、天下の台所大坂堂島でございますよ」

昔は江戸にも米の取引所はあったというが、もう大所は大坂堂島だけらしい。

「相場を張れ、と申すのか」

「はい」

男は、ずけりと言った。

「でも、けっして危ないものではございません。買い方の大シテは、鴻池屋さんでございます。大勢の仲買人を味方に付けておられます」

「ふむ。鴻池屋といえば、日ノ本一の米の仲買人と聞く。大藩でも持たぬ資金力を有しておるそうだな」

「いいえ。それどころか幕府よりも多くの資金をお持ちでございます」

「日ノ本一か」

唸るような声で俊平が言う。

「はい。その鴻池屋さんが、今は一貫して買い上げておられます。他の大名家とも手を組んでおり、買い方は万全でございます」

「だが、幕府は冷し玉を入れておると聞くぞ」

「よくご存じで。しかし、焼け石に水、幕府も相場を下げることはできません。さらに、買い方はますます増えておりまして、負けることなど到底考えられません」

「そうであろうな、町の米価も吊り上がっており、町民は困り果てておるのだ」

俊平は苦笑した。通喬は、苦虫(にがむし)を嚙み潰(つぶ)したような表情で、二人の話を聞いている。

「そのようなことなら借りてみてもよいが、生憎米相場に張るほどの大金はないぞ」

「その分もお貸しいたします。ちょっと、勇気が要りましょうが、必ず儲かると存じますよ。利子など、儲け分で余裕でお返しいただけます」

広蔵は、にやにやとしながら、俊平の顔をうかがった。

「どれくらい儲かるのだ」

「すぐに一割以上は、取れます。おそらく半年あれば、さらに三割ほど……」

「噓であろう」

俊平が、目を剝いて広蔵を見返した。

「ご無理ならよいのでございます。すでに、多くのお大名様が、春風堂を通じて、利益をあげておられます」

「あ、いや。ならばもそっと話を聞かせてくれ」

俊平が広蔵の腕を取ると、勘定奉行の通喬も、小さく頷いた。

「さて、どのような手続きをすればよい」

「はい。それでは、じっくりご説明いたしましょう」

広蔵は、嬉しそうに俊平を見返し、

――どこかの茶店に入りましょう

と二人を誘った。

「されば、あそこに茶店が見える」

俊平が、前方に見える一軒の茶店を指さした。

日本橋に近いその茶屋は、江戸きっての名物店で、付近の商人が商談のためひっきりなしに店に入っていく。

三人がつづいて店に入っていくと、店は混み合っていたが、広蔵は、

――あそこにしましょう。

と二人を誘った。壁際の緋毛氈(ひもうせん)を敷きつめた床几(しょうぎ)が空いているのを見つけ、どかりと座った。

広蔵は、何度も足を運んでいるらしく、気楽に店を見まわしている。

店の娘が注文を取りに来る。それぞれ茶と胡麻団子(ごまだんご)を頼んだ。

「ここの団子はけっこういけまする」

と広蔵が言った。

「されば、さっそく手続きを聞かせてくれ」

「はい。まずは、投資金のお借り受けでございます」

「うむ。どのくらいの額を、借りたらよいのだ」

「そうでございますね、五千両はお借りいただきとうございます」

広蔵が、俊平の顔をうかがって言った。

「五千両か――」

俊平は、大きく目玉を開けて広蔵を見返した。

「一万石取りの大名にとって、五千両は大金だぞ」

「まず負けることはありません。江戸じゅうの商人も動いております」

「よかろう、借りることにしようか」

隣の通善を見返すと、小さく頷いている。

「売り方に回った幕府は、たじたじじゃの」

「反対側に回って負けているお大名も、たくさんいらっしゃいます」

広蔵が、にやりと笑った。

「それにしても、いやな世となったな」

俊平が顔を歪めて見せると、広蔵が冷やかに俊平を見返して、

「ところで、まだお名前を伺っておりませんでした」

改まった口調で広蔵が言う。

「柳生俊平と申す」

「柳生様は、有名なお大名で」

「なに、わずか一万石だ。それより、相模屋長五郎はいったいどれほど資金を持っているのだ」

俊平が訊ねた。

「いくら、あると思われます」

木札（きふだ）を袂でぬぐって、俊平の顔を見た。

「さあ――」

俊平が考えていると、

店の外で、侍が店を覗き込んでいる。

立花貫長と一柳頼邦であった。

「おお、まだ〈蓬莱屋〉には着いておらなかったのか」

貫長が言った。

「まだだ。私も投資資金を借りようかと思ってな。まあ、座れ」

手招きして、二人のために座を空けてやった。

「このたびは、ありがとうございます。春風堂の番頭で広蔵と申します」

広蔵はそう言った後、通喬をじっと見つめた。

「こっちの二人は、幕府の役人だ」

俊平がそう言えば、広蔵が真顔で会釈した。

五人の間に緊張が走った。

「私の博打(ばくち)の友だ」

「遊び仲間で」

「ああ。飲み仲間でもある。お気になされるな」

俊平が、手を振って笑った。

「おい俊平、おぬしは借りることになったのか」

貫長が、小声で俊平に声をかけた。

通喬が、笑いながら貫長に頷いた。

「されば、どうしたらよいのだ」

「まずは木札をお渡しします。店のほうに来てくだされませ。仮の証書をご用意いたします」

広蔵が、愛想よく笑い、慣れた口ぶりで、てきぱきと商談を進める。

「証書か、面倒なものじゃな」

「手形(てがた)ですよ。金額もむろん書き込んであります」

「確かなものであろうな」

俊平が、広蔵の浅黒い厚顔をうかがった。

「それは、もちろんでございます。相模屋長五郎の刻印(こくいん)がちゃんとございます。それに、投資結果もすぐに出ます」

「いつ、勝負に出るのだ」

「六日の後を予定しております」

「すぐだな」

「大坂の堂島には、もう諸国の商人や諸大名から、着々と金が集まっています。米価を吊り上げるために、一気に大金を投じることが肝心なのです。だから、金は多いほど良いのでございます」

広蔵がにやりと笑い、胡麻団子を口にぱくりと頬張った。

「そういうことか――」

俊平は納得して、ふむと大きく頷き、茶碗を置いて広蔵を見返した。

「さようで。ではとりあえず」

広蔵がそう言って、懐を探った。

大きな木札が出てきた。裏に相模屋長五郎の刻印がある。

これは、口入れ屋〈春風堂〉の取引ではないらしい。本業の相模屋のものである。

「次回うちをお訪ねになる折に、正式の証書を用意しておきます。この幸運の木札を、忘れないでください」

「あいわかった」

俊平が笑って頷いた。

「面白いことになったな」

一万石大名の三人と通喬は、相模屋〈春風堂〉の番頭と別れて、深川の料理屋〈蓬萊屋〉へと向かうべく通りに出た。

と、通りの向こうから肩で風を切るようにして、町奴ふうの侍が五人やって来る。

五間ほどに近づくと、一人が俊平ら四人に気がついた。

「お、おめえは――」

「そうだよ。奈良屋殿の屋敷でも会うたな。我らは山車仲間ではないか」

「おめえ！」

残りの四人の町奴ふうも、俊平に気づいて顔を赤らめ、赤鞘の太刀を胸ぐらまで引き寄せた。

「やると言うのか、面白い。今日は、わしにも暴れさせてくれ、俊平」

貫長が、五人を舐めるように見まわせば、勘定奉行の通喬が、俊平の背後に素早く身を隠す。

「なに。こ奴らごとき、すぐに片づく相手だ」

俊平が貫長を退かせ、

「まだ懲りぬとみえる」

太刀を腰間から抜き出し、五人を睨み据えれば、

「いやいや、俺も少し暴れたい」

貫長も刀の柄を握りしめ、俊平の前に回る。

と、いつの間にか増えていた見物人の間から、進み出た者がいる。

「やめておけ。うぬらでは歯は立たぬぞ」

五人を叱りつけ、太刀を肩から担いだ姿は、どこかの風来坊のように見えたが、鴻

池屋の用心棒、小笠原刀角であった。

姿は、五人とは比較にならない凄味がある。

どうやら、刀角は五人組の町奴ふうをよく知っているらしい。

「こちらはな。将軍家剣術指南役の柳生俊平殿だ。おまえたちの敵う相手ではない」

「くそっ」

初めに刀の柄を摑んだ男が、おろおろと数歩退いた。

「小笠原刀角と申す」

刀角が、冷ややかな口調で言った。

「なぜ、私を知っているのだ」

俊平が、刀角に笑って訊ねた。

「鴻池屋の船に乗っていた柳河藩の者が、おぬしのことを知っていた」

「そうであった。おぬし、川開きの夜、あの船にも乗っていたな」

「まあ、そんなところだ」

自嘲気味に、刀角が言った。

「おい、俊平……」

貫長が、俊平に耳打ちした。

「わしはこの男の名を、武者修行中であった段兵衛から聞いたことがある。居合いの達人として有名だが、妙な隠し剣を使う殺人鬼という。気をつけろ」

「そうか」

俊平は、半眼に見開いた刀角の鋭利な瞳を見返した。

「刀角殿。私は米相場にちと興味があってな。鴻池殿には、ぜひもういちど会いたい」

「米相場だと」

「悪いか」

俊平は、刀角の眼の奥を覗いた。

「おまえも変わった藩主よな。伝えておく」

刀角は、苦笑いしてそう言ってから、

「相場の話をすれば、おれも儲け話を思い出した。今日は、これぐらいにしてまたいずれ会おう」

刀角は、唇の端をわずかに吊り上げて笑うと、俊平に背を向け、

「いずれ、お手合わせいただく日もあろう。今日は、喧嘩の仲裁にとどめておく」

刀角は不敵な笑みで俊平を見返し、

「おまえたちは目障りだ。さっさと去るがよい」

町奴ふうたちを振り返り、吐き捨てるようにそう言うと、ひらりと背を向け、雪駄を鳴らして去っていった。

三

船遊びがすっかり気に入った将軍吉宗は、その日も、

――もう一度船に乗りたいものじゃ。

と、俊平ら四人の大名にせがみ、困らせた。

俊平ら三大名が、相模屋の米投機に便乗して三日ほど経った日のことである。

吉宗は、今回は定宿としている奈良屋の屋敷から出て、三人の迎えを受け、柳橋の船着き場へと急いだのであった。どこからやって来たのか、勘定奉行の通萮も姿を現している。

立花貫長が慎重に吉宗の手を取り、屋形船に乗せると、つづいて、一柳頼邦、河野通萮、俊平、そして喜連川茂氏が船に乗り込む。茂氏が乗ると、大型の屋形船がぐらりと揺れた。

「まず、確かめておきたい。今日は釣りができるであろうの」

吉宗が、窓越しの光景に目をやって言う。

「はて、釣りでございますかの」

喜連川茂氏が、驚いたように言った。

「そち、今日は川遊びをご教授いたしましょうなどと、それがしを喜ばせたではないか」

「は、さようでございましたの」

茂氏が、大きな体を揺すって苦笑いした。

「それでは」

俊平が立ち上がり、船側から屋根の上の船頭に、すまぬが、釣りの道具を貸してくれ、と言った。

「それは、ようございますが……」

船頭が、怪訝そうに応えた。

「みなさまの分までは……一揃いしかございません」

「よいのだ。一人、まだ釣りをしたことがないお方がおられての。やってみたいそうだ。貸してくれ」

俊平が言った。

「それは、それがしだ」

吉宗が、船側から顔を出し、船頭に声をかけた。

「ああ、なにやらこちらはご立派なお侍様でございますね。あなた様なら、これまで釣りなどやったことがないのも頷けます」

船頭が言った。

「立派な侍か。それはまずいの。身分が知れる」

吉宗が、小声で俊平に言った。

「そちは、さまざまな武家を見てきたであろう。今のそれがしはどう見えるな」

吉宗は、船頭に言った。

「はて、お旗本でございましょうか」

「それならよい」

「はは、しかしよほどご大身のお旗本でございましょう」

船頭が補って言う。

「なに、七百石の旗本だ」

「なかなか、ご立派に見えまする」

船頭が応えた。

「それは、嬉しいかぎりじゃ。ならば、こ奴だ。どれほどに見えるな」

吉宗が、喜連川茂氏の肩をたたき、船頭に訊ねた。

茂氏が、船側に巨体を乗り出した。

茂氏の装いは、五千石相応の装束である。

「あなたさまは、大きなお姿でござります。さあ、こちらもお旗本でございますか」

茂氏が、頷いてくすりと笑った。

船頭が、まちがったかと首を傾げた。

「こちらはな、室町の世からつづく、将軍様の末裔だよ」

「へえッ、室町の将軍様！」

船頭が、腰を抜かしたようにそう言って、屋根の上でへたり込んだ。

「これは、なんとも、すまねえことを申しやした」

「いいのだ。世間というもの、人を見かけで判断するものと知れた。いささか安心した」

吉宗が、船頭を見上げて微笑んだ。

「ところで、船頭。大川ではなにが釣れるのだ」

「へえ、これだけの大河でございます。あらかたなんでも魚は釣れまさあ」

「うむ。ならば、鰻は」

吉宗が訊ねた。

「むろん、鰻だって獲れますが、釣り竿じゃ、無理でございます」

「そうか。鰻は無理か……」

吉宗は、がくりと肩を落とした。

「松平様、よほど鰻がお気にめされたごようすですな」

茂氏が笑って声をかけた。

「ならば。次には鰻の仕掛けを持ってこよう。さて、それでは大事な政の話にまいろう」

吉宗は、うむと頷いて、膝を正すと、前屈みになり、一同を集めた。

控えていた喜連川茂氏の家臣三人が、膳の用意をして、すぐに後方に下がる。

「さて、米価の高騰の話じゃ」

吉宗が一同を見まわした。

「なんとしても、米価は抑えねばならぬ」

吉宗が拳を固め、力説した。

鴻池屋ら商人勢は、米価を吊り上げるため、諸大名から投資資金を集めている。それが許せぬと、吉宗は強い口調で言った。

「ここは、ぜひとも買い方に対抗してくれ」

「かしこまってございます」

勘定奉行の河野通喬が言った。

「買い方が、どれだけの金を用意し、目標の額をどこに置いているか、調べてくれ」

吉宗が、俊平に命じた。

「貫長、そちは西国諸藩の動きをさらに調べてくれ。頼邦は、商人どもが、どれほどの人数、米取引に加わっているのか、当たってみてくれ」

「承知いたしました」

貫長と頼邦が頷いた。

「そして俊平、それがしは我慢ならぬのだ」

吉宗は、大きな足をたたんで胡座をかくと、憮然たる口ぶりで言った。

「はて、なにをご立腹でございますか」

「あの天下布武の商人のことだ」

「それがしも、同様でございます」

立花貫長が、膝をたたいて怒りを露わにした。

「今も、天井に近いはずの米価がさらに跳ね上がっておる。あ奴のせいじゃ」

「そのとおりかと存じます。堂島では、商人の買い方のほうが優勢のようでございます」

一柳頼邦が、酒器を吉宗に向けて言った。

「米商人の用意した買いの資金を上回る金を、用意したはずであったが」

吉宗が、勘定奉行の河野通喬を見た。

通喬は、うつむいている。

「我らの用意した金にまさる金を、あの者らは軽々用意できるのでございましょう」

俊平が言った。

「まったく、無尽蔵(むじんぞう)じゃ。どれだけの金を積んでくるのか」

吉宗が悔しそうに言った。

「彼らの資金のなかには、諸大名からかき集めた金もあるようでございます」

立花貫長が言った。

「まことに。許しがたいものよ。幕府に対抗する資金を、幕府の臣下たる各藩が投じるとは」

吉宗は、なかなか怒りが収まらないようで、口をもごつかせている。

「まことにもって、さようにございます」

貫長が怒って体を揺らし、酒を零した。

「貫長、そちの本家の柳河藩は大丈夫か」

皮肉げに、吉宗が訊ねた。

「は、それは……」

貫長は、顔を赤らめうつむいた。

「よいのだ。そちの本家の藩は悪うない。いずこの藩も、金子が不足しておる。それが問題じゃ。そのため借金をして首が回らなくなり、商人どもの軍門に下る」

「それがしの見るところ、薩摩藩、福岡藩が大きく商人より借りておるようにございます」

喜連川茂氏が言った。

「そうか」

吉宗が、茂氏を見返した。

「島津継豊は、密かに琉球を介し密貿易も行っております」

「そもそも諸大名は、米相場が上がることで困りませぬ。むしろ大喜びなのでございます。そのうえ、投資資金が増えてまいりますので」

「うむ。しからば貫長、西国大名の動きによっては厳罰に処することも考える」

「はっ――」

貫長が、厳しい表情で吉宗に一礼した。

「俊平――」

「はい」

「すまぬが、そなた、堂島の米会所まで行ってはくれぬか」

「それは構いませぬが」

「このままでは、幕府の威信は地に落ち、商人どもが世を支配いたしましょう」

喜連川茂氏がそう言って、俊平を見返した。

「室町の世の公方殿らしい、まこと頼もしい意見じゃの」

吉宗が、からからと笑った。

「お褒めの言葉、まことにありがたく」

「まことに、米価の混乱は国を乱れさせ、乱を招く動きと存じます」

貫長が、膝をたたいて言った。

「次の相場の山は、いつとなろうな」

吉宗が、通喬に訊ねた。

「はて、相場が次の山をつくるのは三日ほど後。さらに大きな山は、おそらく十日から半月後。そこが、次の勝負となりましょう」

通喬が、蠟燭状の棒が波打つ相場の絵図を確かめて言った。

「ならば俊平、のんびりしておられぬ。ぜひとも堂島に行ってくれ」

「かしこまりました」

「通喬――」

「はい」

「勝負の資金は、なんとしても集めるのじゃ。大坂城の金蔵に蓄蔵する金をすべて使ってよい。大坂町奉行所には早馬で報せ、準備を始めさせよ。次の相場では、幕府の総力を上げるぞ」

吉宗が拳を固め、力を込めて言った。

四人が揃って、おおと頷く。

「それでは、それがし失礼いたします」

通喬がもどろうとしたので、

「どうしたのだ」

と、俊平が訊ねた。

「本日中にやらねばならぬことを、思い出しましてございます」

「それはせわしないの。さればそち、今日は城にもどるか」

吉宗が言った。

「いたし方ありませぬ」

酒の入った赤ら顔で、通喬が顔を拭いた。

「これ船頭、船を岸につけてくれ」

貫長が声をあげた。

「へ、へい」

屋形船がゆっくりと岸に寄った。

通喬は、船が船着き場に接岸するのを待って、大急ぎで船を降り、土手を駆け上っていった。

と、これを見ていた貫長が、妙なものを目撃したという。

土手に上がった通喬を追いかけていく、侍の群れがあった。

「これは、いかん。通喬が危ない。船頭、船着場にもどってくれ！」

「へ、へい」

老船頭は、なんのことかわからぬまま、慌てて棹を握り直す。

貫長が太刀をひっ掴み、屋根の上の船頭に向かって声を張り上げると、大きく船を揺るがせた。

船は反転し、急ぎ川岸に向かっていった。それも待てぬのか着く寸前、吉宗は勢いよく船を飛び下り、土手を駆け上がっていく。

「松平様――！」

俊平が、慌てて後を追った。

土手に上がると、吉宗は左右を見まわし、通喬の姿を見つけると、刺客の群れに向かって駆けていく。

通喬は、五人の町奴どもに取り囲まれ、震えながら刀を中段に身構えている。

「待てい、待てい！」

吉宗が、五人の町奴に向かって声を張り上げた。

それに気づいた三人が、反転して吉宗に向かってくる。

吉宗を腕達者と見て、刀を中段に取り、慎重に構え直した。

ズルズルと後退する。

吉宗も、それを左右に見て抜刀した。

「松平様、ご助勢いたす——！」

後を追ってきた俊平が、サッと刀を抜き払い、吉宗と背を合わせて立った。

「なに恐れるな、柳生といえど、ただのお飾りだ」

揉み上げの濃い、強面の男が言う。

「ええい！」

吉宗の前方の町奴どもが、凄まじい気合を放ち、刀を上段に跳ね上げて打ち込んでくる。

吉宗は、それを流れるように左右に捌き、次の瞬間素早く男の前に跳び、男の胴をザンと払った。

町奴ふうが身体をくねらせ、小さく呻いて地に崩れた。

ところが吉宗は、なぜかそのまま硬直して、動かなくなっている。

「お見事にござります。大丈夫でござりますか」

俊平が駆け寄り、ぴたりと背を合わせた吉宗に、小声で声をかけた。

「大丈夫だ。だが、人を斬ってしもうたぞ」

わずかに、吉宗の声が震えている。

「初めて人をお斬りになりましたか。しかし、武士とはそういうもの。お気をたしかに」

「う、うむ」

吉宗が頷いた。

俊平の前に回った二人が、力を合わせ、揃って上段から激しく打ち込んでくる。

俊平は左前に跳んで二人と入れ代わり、素早く反転して、一人の男の肩を打ち、もう一人の胴を抜いた。

むろん峰打ちである。

残った一人が、ふたたび気合を入れて、上段から撃ちかかった。

切っ先を擦れ違いざまにかわし、小手でその男の胴を打つ。

反転して通喬を見返せば、二人を相手に、通喬は巧みに剣刃を逃れていた。

「やるな、通喬。私が相手をしよう。そなたは、退いておれ」

そう言った吉宗が、二人の浪人者の前に立ちはだかると、すでに三人の仲間が倒されたことに恐れをなし、二人はずるずると後退して、最後には悲鳴をあげて逃げ去っていった。

「あ奴ら、やはりさしたる腕ではなかったな」

吉宗が、足元で倒れる男を見下ろし、刀の血を拭った。

「上様ッ――！」

貫長と頼邦と、喜連川茂氏が、土手を上がってくる。

「これは、お揃いで。もう大丈夫」

俊平が笑って声をかけると、

「それにしても、上様、お達者でございますな」

俊平が、満足して吉宗を見返した。

「いやいや。正直、体が震えた」

「私なども、よく震えます。武士にはそうした事、よきご経験となられたものと存じます」

公方様こと喜連川茂氏が落ち着いた口調で言った。

立花貫長と一柳頼邦は、顔を見合わせ頷いている。

「次は震えぬぞ、きっとな」

吉宗は五人を見まわし、そう強く言い、刀を鞘に納めるのであった。

第四章　天下の台所

一

　それから三日の後、柳生俊平は目立たぬように藩邸を抜け出し、幕府の用意した大型廻船に勘定奉行河野通喬、段兵衛とともに乗り込み、大坂入りすることとなった。

　立花貫長と一柳頼邦の両大名は、そのまま江戸に残り、商人側の動きを探る役割を担うこととなる。

　勘定奉行の河野通喬は、俊平と別れて大坂城に向かうとのことである。

　さすがに海路は速く、四日後には大坂入りを果たした。

　大型廻船から、段兵衛、通喬とともに、藩主出迎えの船に乗り変える。

　船縁に背をもたせ、湾内の穏やかな波音を聞きながら、三人で語り合った。

「こたびも、恐らく幕府の資金は不足いたしましょう」

通喬が、二人に言い含めるように告げた。

「まことか」

俊平が、青い顔で言った。

「なんとか、せねばなりません」

通喬は、重苦しい顔で言う。

幕府なりに計算はついているらしい。

俊平は、半ば諦めて葦原の向こうの大坂の町を眺めた。

「さいわい、大坂では商人が多く住まいまするゆえ、それほど町民の生活は困窮しておらぬように見受けられます」

河野通喬が、安堵したように言う。

「いや、大坂の町とて、みな米価の高騰に喘いでいることに変わりはあるまい」

俊平は、首を振って言う。

「一方武家は米価が上がれば、藩士の俸禄が上がります。みな、そんな巧い話はやめられません」

通喬が、無念そうに俊平を見返した。

「さて、そこをなんとかいたすが我らの役目。蓋を開けてみねばわからぬが……」

「だめであろうな」

段兵衛が、諦めたように言った。

「少し、脅かさねばなるまいな」

「脅かす？　どのようにいたしますので」

通喬が問い返した。

「やめねば、藩のお取り潰しもある、などと」

段兵衛が強い口調で言った。

「しかし、上様とて諸大名に米相場への介入をやめさせる権限はありませぬぞ」

「だが、米価の高騰が庶民の生活を脅かしているのは事実だ。上様の御名と花押で、主命で命じることはできよう。私が書状をしたためてもよい。それを、大坂城代から諸大名家の大坂蔵屋敷に届けてほしい」

「そのようなことをして、よろしいのですか」

通喬が青い顔をして言った。

「上様のお心は、私と同じにちがいない。一万石同盟となったではないか」

俊平は笑った。

「それは、そうでございますが……」

通喬は、首を傾げている。

「お咎(とが)めがございませぬか」

「なあに、もしあっても、私が一人腹を切ればこと足りる話だ」

「おいおい」

段兵衛が、心配そうに俊平を見返した。

「されば、陽はまだ高い。本日のうちに蔵屋敷で書状をしたためよう。夜にでもそなたが蔵屋敷に取りに来てくれ。それを大坂城代に届けてほしい。むろん、これは内密の話だぞ」

「むろんのこと、口外などできませぬ。これは謀略(ぼうりゃく)と言ってよいもの」

通喬が、俊平に青い顔を向けて言った。

「頑張れよ、俊平。これは、一世一代の大博打だ」

段兵衛が、俊平を見返し肩をたたいた。

船頭に蔵屋敷に船を着けさせ、大坂城に向かう通喬を見送る。

「さて、大名どもを、どこまで脅してくれようかの」

段兵衛にそう言って、俊平は波止場から岸に上がっていく通喬を眺めた。

船は波静かな入り江に入り込み、水際に林立する小さな蔵屋敷のひとつに向かった。

この辺りは、小藩の蔵屋敷が群居する一帯である。

各一万石大名の蔵屋敷は、各藩が年貢米や領地内の特産物を販売するために設置した倉庫のようなもので、主だったものだけでも、百前後の蔵屋敷があり、小藩や大名が借りている屋敷以外のものを合わせると、五、六百はあるという。

大坂は幕府直轄地だったので、各藩は屋敷をかまえることはできず、いずれも借家を利用していた。

蔵屋敷の機能は、貯蔵ばかりではなく多彩なものである。

まず領国と幕府を繋ぐ仲介役の機能を果たしており、参勤交代に登城する藩主の休息所であったり、国許の商人と大坂の商人、あるいは大坂奉行所との仲介役を担うこともあった。

柳生藩の蔵屋敷は、一万石の小藩であるから、建坪三百にもみたない藩別邸ほどの規模で、詰めているのは若い藩士が二人だけ、それに屋敷を護る古老の用人の七兵衛と通いの賄い女のみであった。

堂島の米会所からは多少距離があるが、さして遠くないところにあり、便はよい。

藩主になってからも柳生俊平は、蔵屋敷にはまだ一度も訪ねたことはなかった。幕府剣術指南役として江戸柳生藩邸に常駐する必要があったからである。

それゆえ、蔵屋敷を護る藩士らとも初対面である。

蔵屋敷に到着すれば、さっそくその二人が迎えに出る。

「まことに世話のやける藩主だが、よろしく頼む」

「いえいえ、我らもさしたることはできませぬが、よろしくお願いいたします」

二人の藩士、茅野文蔵、篠田啓次郎の両名は、顔を見合わせて頭を掻いた。

まだ三十路にも届かぬ若い藩士である。

年に数度の米の出荷が主な仕事で、たしかに大した任務はない。

「はは、正直な申したてだ」

俊平はにやりと笑って、

「して、当地の暮らしぶり、いかがじゃ」

「大坂は、いくぶん騒がしく忙しない土地ではございますが、人の情厚く、まことに住みやすくよき土地でございます」

丸顔で額の出た小才のききそうな篠田啓次郎が言う。

「ふむ」

「食事も旨く、遊び場も多いので、日々退屈はいたしません」

面長のやや年嵩の茅野文蔵が、同僚に合わせるように言った。

屋敷の食事を終えて藩主の間で寛いでいると、若い藩士が神妙な顔で近づいてきて、

「さっそくにござりますが――」

と、まず段兵衛に語りかけた。

一通の書状をあずかっているという。

一柳頼邦かららしい。段兵衛が封を開いてみると、

「頼邦殿の報せでは、江戸の大商人が、こたびの勝負にかなり乗ってくるという」

「まことか」

「緻密な頼邦殿ゆえ、まちがいはあるまい」

「それは、まずい」

俊平が、苦虫を嚙みつぶしたような顔をした。

「頼邦殿は、商人どもに疑われておらぬのか」

「あ奴、動きまわりすぎるところがある。それは疑われておろうな。その話を頼邦に知らせたのは、むしろ宣戦布告の意味があるのやもしれぬ。大胆なことだが、商人は幕府に正面きって喧嘩を売ってきておるようだ」

俊平が頷けば、

「さようであれば、難事でござりまするな」

若手の藩士二人が、困り果てたように応じて顔を伏せた。

「天下の金が、商人どもに握られておるとすれば、幕府はもはや太刀打ちできぬのかもしれぬな」

段兵衛が言えば、藩士二人も黙って頷いた。

大坂の米相場を日々眺めている蔵屋敷の藩士二人も、そんな思いがしているらしい。

二人は、俊平と段兵衛のために、すぐに慰労の酒膳を用意してくれた。

豪華な鯛の酒蒸しが付く。

「これは有り難い。江戸では、このようなもの、めったに口にできぬ」

俊平が言った。

大皿に新鮮な魚貝が並んでいる。

「こちらでは、瀬戸内の活きのよい鯛が、ふんだんに手に入ります」

「うむ。もそっと大坂でのんびりしたいものだが、こたびばかりはそうもいかぬの」

俊平が残念そうに言ってゆっくりと食べはじめると、早食いの段兵衛が急ぎ食い終わって、

「じつは、兄の貫長からも連絡が入ってきての」

と近づいてきて、

「さきほど、用人の七兵衛殿から書状を手渡された」

と額を寄せた。

「兄上はなんと申していた」

「江戸を発つ前、兄の貫長が柳河藩に、こたびはいくら資金を用意したのか訊ねたところ、後に連絡を入れてきての。兄に教えてくれたそうだ」

「聞かせてくれ」

俊平が盃を置くと、書状を開いた。

「貞俶殿は、兄を信頼しているのだろう」

段兵衛が複雑な表情で言う。

「それで、どれくらいの金を用意していたのだ」

「前回よりは、二割多く用意したという。ざっと、五万両になるという」

「なんと、五万両か――！」

俊平は、絶句した。

「柳河藩を裏切ることになって、貫長殿も辛かろう。すまぬことをした」

「なに、兄は、とうに腹をくくっておる」

「ふむ？」

「あれで生真面目なところがあっての。影目付の任務は貫きたいらしい」

「それに、前回の投資で味をしめた商人が、仲間を集めて上乗せしてくると噂されている。だいぶ投資額は集まるだろうな」

「そうであろうな。幕府も腹をくくる必要がある」

「負けるかもしれぬ」

段兵衛が、青い顔をしている。

「深刻なお話のようでございます」

若い藩士二人が言う。

「当地でゆるりとしたいものだが、こたびは主命を帯びていてな。急ぎの旅だ。そうもしておれぬ」

俊平が二人に言った。

「主命とは、上様でござりますか」

厳しい表情になった茅野が訊ねた。

「そうだ」

二人は、また驚いて顔を見合わせた。

「米相場のことでございますな。ご連絡をいただき、こちらも急ぎ対応しております。先日、相模屋〈春風堂〉から借り入れした五千両、無事蔵屋敷に到着し、借入金をそのまま相場に投資いたしました」

「うむ。世話をかけた。上々の首尾であったな」

「あの資金、まだ市場にありますが、いかがいたしましょうか」

茅野が言う。

「すぐに売れ。売れば、確実に利益となる」

「はい。すでに買値より、一割の上昇となります」

茅野が、胸を張ってほほえんで言った。

「大きいの。五千両の一割となれば、五百両か」

「そうなります」

「ふうむ、大きいの」

俊平が、目を見張って二人を見返し、

「我が藩に取っても大金となる」

と、二人は素直に頷いた。

「されば、明日にも――」

「して、その借入金、相模屋〈春風堂〉にすぐにお返しなされますか」

「そうよな。とりあえず返金しておこう」

二人が残念そうに目を見合わせた。

「まだ上がるようにも思われます。この先にも投資の機会もあるかと思いますが」

篠田が言いにくそうに言った。

「おぬし、私は、米価を落とすために、幕府から派遣されて来たのだぞ。また、買い入れよと申すか」

俊平は唇をゆがめて笑った。

「あ、はい――」

二人は、残念そうに頷いた。

「五百両といえば、藩にとっては大金。このような機会があれば、それはそれでよいのではないか」

段兵衛までが言う。

「しかし、上昇はつづかぬと思われます」

茶菓子を運んできた古老の用人七兵衛が、真顔になって言う。

「はて、そち。なぜ、そう思うな」

意外な七兵衛の言葉に、驚いて俊平は問い返した。

「米価は、どうやら天井に近づいております」

「ほう、なぜわかる」

「私は、蠟燭足を記帳しております」

七兵衛が誇らしげに言った。

「蠟燭足だと――?」

「はい。米価が上昇した日は、白い蠟燭、下降した日は黒い蠟燭を書き込んでいきます。それを繋げて米価の動きを見ます」

「だが、なぜ蠟燭と言う」

「その形からそう申します。その日の始め値と終わり値を結び、上がった日は白、下がった日は黒となります。その日の場中の動きがありますので、上下に細い線ができ、ちょうど蠟燭のように見えるのでござります」

「それは、便利な絵図だな。しかし、なぜそなたまでが、米の仲買人のようなことをしておるか」

「ははは、老後の愉しみでございますよ」

七兵衛は笑った。

「誰に教えてもらった」

「さる米の仲買人から、教えてもらいました」

「ほう。そち、顔が広いの」

「なに、飲み仲間で。仲買人と申しましても、はしくれでございます」

「して、その蠟燭足では、なぜ天井が近いとわかるのだ」

「はい米価が順調に上がっている時は、値は着実に上昇いたしますが、頂点に近づくと、その足はさらに跳ね上がり、竜の頭が天を突くように伸び上がります」

「なるほどの。それで今は竜が跳ね上がっているのか」

俊平が、さらに七兵衛に問い質すと、

「じつは、我らもそのように考えておりました」

「なに――？」

俊平は、蔵屋敷常駐の若い家臣を見返した。

「蠟燭足では、上昇後の調整を三回繰り返し、大天井を迎えると申します。こたびが、三度目の上昇となりまする」

「驚いた。そなたら、蔵屋敷の番人をしておるだけではないのだの」

感心して、俊平は三人を見くらべた。

「我らは、七兵衛殿から学んでおります」

二人の藩士は笑って顔を見合わせた。

「そうであったのか、七兵衛からの」

「はい」

「相場の見方は、ここにいる七兵衛がお師匠様じゃ。これよりさらに手法を習得せよ」

俊平が若い二人に言った。

「七兵衛は、たしか、さる昵懇の仲買人から学んだと申しておったの」

「いつも通っております煮売り屋の客にござります。まあ、大した投資家じゃあございませんがね。研究熱心な男で、よく当たります。私はなけなしのお給金を賭け、わずかながら増やして老後の金としております」

「驚いたな。浪花（なにわ）の者は、みな聡いの」

「は、なあに、それほどでも……」

七兵衛は、照れて笑った。

「されば、この辺りで、藩の投資資金を引き上げたほうがよいと申すのだな」

俊平は、七兵衛に確認した。

「ここまで来るといつ下落を始めるかもわかりません。まだ、上り目はあるかと思いますが、相場の格言は頭と尻尾はくれてやれと申します」

七兵衛が、自信をもって頷いた。

「されば、私もその蠟燭足の詳細な見方を、勘定奉行の河野通喬に教えてやろう。幕府もそうした知識を身に付けねば、到底仲買人どもに太刀打ちできぬ」

「さようでございますな。いちおう知ってはおられるとは思いますが、蠟燭足は奥が深うございます。されば、大坂の土産に、そうした投資の実例を見繕っておきまする」

七兵衛が、もういちど胸を張った。

「されば、蠟燭足に敬意を払い、今宵は飲もう。なにやら勝利の光が見えてきたようだ」

翌日、蔵屋敷で旅の疲れを抜いた俊平と段兵衛のうち、段兵衛は筑後三池藩蔵屋敷を覗くと言って去り、替わりに勘定奉行の河野通喬がやって来た。

河野は、大坂城内の暗い雰囲気をそのまま背負い込んできたようにうつむいている。

「このままでは、幕府は敗れましょう」

開口一番、通喬が沈み込んだ口調で言った。どうも金策がうまくいかぬらしい。

「上様はお怒りになりましょうな。上様はこの勝負に賭けておられます」

「しかし、無理なものは無理。そなたの責任ではない」

「いいえ。それがしの責任です」

通喬が、情けなさそうに言った。

「そのようなことはない」

俊平が、冗談であろうと通喬を見返したが、当人は本気である。

「そなた、だいぶやせ細ってきておるな。苦労の多い勘定奉行などにしがみつくことはない。早う息子に家督を譲って隠居いたせ」

俊平は、笑って通喬の肩をたたいた。

「ご冗談を。それよりもはや対抗策はございませぬか」

通喬が、すがりつくような顔で俊平に訊ねた。

「ある。やはり、あれだ」

「あれとは？」

「忘れたか。買いの手口のかなりの部分は、諸大名の分だ。諸大名に、買いの手を退かせるしかあるまい」

「しかし、幕府と言えど、諸大名の台所までは口が出せぬ、と大坂城代は首を傾げておられました」

「なんと生ぬるい」

「しかし、書状を発することは発すると申されておられました」

「そうか。されば、今日は大坂東町奉行所にまいる」

俊平は、通斎を伴い、町奉行所を訪ねることとした。


大坂には、大坂城京橋門外に東西二つの町奉行所が置かれていた。

そして江戸と同じように、交代で執務が行われている。

奉行所の構成は、町奉行の下に奉行所家老、用人、取り次ぎ、さらにその下に町与力町同心とつづき、町与力三十騎、町同心五十騎の構成となる。

敷地は広大で、表門を入って右が処務所、正面が玄関、その北側が役所となっており、白州はこちら側にあった。

当月は東町奉行の管轄で、俊平と通斎はこちらに向かう。

奉行所には江戸表から二人が向かう旨の報せが入っており、二人は奉行所で丁重な歓迎の挨拶を受け、屋敷の奥に案内された。

大坂町奉行所は、堂島の米会所を見張る役割がある。所内では、さすがに大坂の奉行所らしく、算盤(そろばん)の音が響き渡っていた。

奥の間に通された俊平と通喬は、いかにも役人らしい小顔の東町奉行の稲垣種信(いながきたねのぶ)の歓迎を受ける。

大坂東町奉行稲垣種信は与力三名を伴い現れ、共に下座で深々と平伏した。俊平も通喬もあらたまる。

「稲垣殿、江戸を発って五日、相場は今、どのようになっておりますかな」

俊平が、平伏する町奉行に訊ねた。

「米価は、未だ上昇を続けております。手が付けられない状態にございます」

奉行は、苦しげに俊平に告げた。

「売りも多少は入っておりますが、なかなか相場が下降するまでにはいたりませぬ」

「さようかの――」

俊平は、重い吐息とともにそう言い、肩を落とした。

「ご金蔵からの出金は、上様のご指示であるぞ」

「それは、わかっておりますが、前回もかなり持ち出しておりますゆえ、もはや御金蔵に蓄えた金はあまり残っておらぬのです」

「なんとも情けない話になってきたの」

俊平が通喬と顔を見合わせた。

「まことに。それに相手方が、あとどれだけの金を用意できるか判然といたしませぬ」

「それは、そうだな」

「江戸からの報せによりますと、大奥お庭番が総力を挙げて商人どもの動きを探っており、また街道でも役人を配し、金を運ぶ荷駄を懸命に探策しております。しかし、敵もさるもの、裏街道や海路を使っておるのか、容易に網の目にかかりません」

客間に通れば、早速茶と受けの菓子を持って、奉行所役人が厳しい顔つきで部屋に入ってくる。

俊平は笑った。

江戸からの客は、よほど要求を突きつける者と見ているのかもしれない。

「柳生殿。貴殿は、将軍家剣術指南役とお聞きいたしましたが、なにゆえに上様の特使としてこたびまいられました」

ひととおり型どおりの挨拶をすませた稲垣種信が、膝を乗り出して訊ねた。

「されば、この話、ご内密にお願いしたい」

俊平が声を潜めて言った。

「むろんのこと」

稲垣種信が目をしばたたかせた。

「それがし、上様より影目付を拝命いたしておりまする」

「影目付と……！」

稲垣種信が、驚いて俊平を見返した。

「代々柳生藩の裏のお役目でござる。米価高騰が目に余り、庶民が生活に苦しんでおる現状を幕府は厳しく見ており、これを抑えようと懸命になっております。我らはそのために働いております」

「江戸の町民が米価の高騰に苦しんでおるよし、聞き及んでおります。ただそれは大坂も同じ。打ち壊しも起こっております」

「さようでござろうな」

「日々、米価の推移を追い、対策に取り組んでおりますが、なかなか高騰を抑えることができませせぬ」

稲垣種信はうつむき、苦しげな顔で俊平を見上げた。

「さようか。いやいや、私とて一介の剣術指南役。なにができるわけでもなく、焦っております」

「そうでござろう。町奉行の私にも連日のように、江戸表より連絡が入っており、なんとかいたせと」

俊平が同情の眼差しを稲垣に向ける。

「まずは、お二人に当奉行所で調べた米商人のこと、お報せいたしましょう」

稲垣種信が、控えの与力に小声で書類を持ってくるよう言った。

「それはありがたい」

俊平が頷いて言った。

「今日は、柳生様を歓迎して宴を催すことにいたしまする」

「歓迎の宴ですと――？」

俊平は、大坂東町奉行稲垣種信の意外な申し出に驚いた。

「むろん、ただの宴ではなく、米商人を集めてのいわば群議のようなものでございます。奉行所では、売り方の仲買人を摑んでおり、その者らとは密接な連絡網を築いております」

「そのようなことまで、しておられるか」

なるほど、酒も交えての商人との懇親なら、なにかと有益な情報も得られるのかもしれないと思う。

「なに、酒は少々、会合が主でござりますから」

稲垣種信は笑った。

「幕府の使節である柳生様と河野様を、あだやおろそかにはできませぬからな」

「それは光栄なことです」

俊平は茶を取り、咽(のど)を潤して笑った。

役人は、江戸でもあらかたこういうものである。

歓迎の宴は、大坂東町奉行所にほど近い難波(なんば)町の料理茶屋で行われた。

大勢の商人が、続々と店の暖簾を潜り、二階大広間に集まってくる。

俊平が部屋に入れば、三十名ほどの売り方がずらりと顔を並べていた。

みな相場上手、大商人であり、堂々としたたたずまいは、見事である。背後に数人の番頭を従えている。

柳生俊平、勘定奉行河野通喬の順でみなに紹介され、二人が簡単な挨拶をして、商人らが笑顔で盃を取る。

「日取りは明後日、幕府は大がかりな売り介入をいたします。みなさまも、積極的に売り浴びせていただきたい」

稲垣種信がそう言えば、宴席が沸いた。

「いかがなものでござろうか。この商人ら、いっせいに介入に入りましょうかの」

稲垣が、俊平に耳元で訊ねた。

「はてな。しばらくはようす見であろうな。誰も損はしたくないからの」

俊平が、苦笑いして商人らを見まわした。

「お訊ねして、よろしいか」

一人の仲買人が、お銚子を持って作り笑いを浮かべて俊平に近づいてきた。

「どうぞ、お訊ねくだされ」

「幕府は、いかほどの売り金をご用意なのでございましょうか」

「はて、大胆でござるな。だが、それればかりは、それがしも存じあげぬ」

俊平が、男の顔をうかがい見て笑った。

男が通喬に顔を向けるが、通喬も正確には答えない。

「それでは、我らも安心して売ることはできませぬ。幕府の冷し玉は、これまでも投入されましたが、ずるずると敗退しております」

商人が、俊平の盃に酒を注いで言った。

「投資金は言わぬが華、言えば負けてしまう」

通喬が険しい口調で言った。

「これだけ相場が一方的に上昇する場面で、そも売り方など存在するのかと思うたが」

俊平が率直に疑念を向けた。

「はは、相場というもの、一筋縄ではいきませぬ。一本調子のように上げても、必ずもどしてござる。その折に、反対売買として売りで儲ける者もあるのです」

「いわゆるあやもどしか」

「はい。蠟燭足を確認いただきましても、それはわかります」

米商人が懐から蠟燭足の絵図を取り出した。たしかに、上昇局面でも下降する場面はある。

「ふむ。そのような小さな波で儲けるとは、よほどの技量の持ち主であろう」

俊平は、寛いで酒を飲む米商人を見返して言った。

「まあ、人それぞれでございます。必ず訪れる下降時の波に乗るほうが楽と思う者もおります」

「人の心理は不思議なものよな。そうした仲買人は、かなり相場上手と思う」

「はい」

「売り方で入る幕府の投資額を明らかにすることはできませぬが、買い方はこれまで以上の額を用意しているのはたしか。また、これに対抗し、奉行所には江戸より着々と資金が到着しております」

東町奉行稲垣種信は語気を強めた。

幕府の冷し玉の管理は、大坂東町奉行所を中心に行われているらしい。

「そうなのですか」

俊平は、力ない与力の返答にちょっと気落ちして、勘定奉行の通喬と顔を見合わせた。

俊平と米商人の会話が聞こえたのか、仲買人の間から、溜息が洩れた。

幕府の姿勢が曖昧（あいまい）で、売りの勢いが感じられないらしい。

売り方の集会に参加して、投資資金の総額を摑んでおきたいと思った者もいたらしく、仲買人のなかには酷（ひど）く失望する者もあるようであった。

「とまれ、今宵は大いにお愉しみあれ」

東町奉行が、米商人の面々にそれぞれ笑みを向けた。

「幕府も、こたびばかりは総力を上げる覚悟。柳生殿、河野通喬殿がまいられたことで、幕府の熱意をおわかりいただけよう」

稲垣が言えば、みな、盃を取っていっせいに持ち上げる。

ぞくぞくと女が部屋に入ってきて、商人の隣に座った。

「天下の将軍家剣術指南役柳生俊平殿に、お越しいただいた座興として、剣技のひとつもお見せいただきましょう」

米商人の一人が、俊平に笑顔を向けた。

俊平の顔が歪んだ。

「柳生殿。これはあまりに無礼ではござりませぬか」

隣で通喬が小声で耳打ちした。

「柳生様は、将軍家の剣術指南役でござい ますするぞ。両国の見世物ではござりませぬ。それに、歴(れっき)としたお大名ではありませぬか」

「わかっておる。商人は、今や自分たちが上と感じているのであろう。たしかに、そうかもしれぬが」

俊平は、薄く笑って、

「されば――」

と、立ち上がった。

町与力の一人を呼び寄せ、部屋の中央に出て、

「ぞんぶんに打ち込んで来るがよい」

と命じた。

若い血気盛んそうな与力が、刀を上段に取り、すっと前に進んで、無言で剣を打ち込んでくる。

俊平は、ひらりと前に出て、与力の腕を掴み、その腕をひねって足を掛け、その場に倒した。

見事な無刀(むとう)取りである。

息を呑んで見守った米商人らが、ふーっと厚く吐息し、手をたたいて喜んだ。

「米相場も、明後日このように逆転いたします」

俊平が言えば、商人が喝采した。

席にもどると、感激した商人が、つぎつぎにお銚子をもって俊平の前にやって来る。

俊平はそれをいちいち受け、軽々と飲み干すと、

「されば、明後日は頼むぞ」

と肩をたたいた。

次におどけた与力が二人、前に進み出て、半身をはだけると踊りだす。

芸者連中が、三味線、太鼓をたたいてお囃子を始めた。

〽あ、それそれ。

踊りだせば、商人が手拍子を入れる。

「柳生殿、大坂では町方の役人と商人の関係はこのようになっております」

稲垣が言えば、俊平が笑う。

通喬が、呆れたように稲垣を見返した。

「まあ、よいではないか。仲良くやらねば、情報も入ってくるまい」

俊平が宥めるように通喬に言う。

「まあ、そうですが……」

口をあんぐりと開けて、通喬が呆れていると二人の話が聞こえたのか、稲垣が、恥じ入るように頭を撫でた。

柳生藩蔵屋敷にもどり、部屋で大の字に体を投げ出し休んでいると、用人の七兵衛が茶を淹れて現れ、書状が来ていると置いていった。

茶を口に含み、書状を手に取ってみる。

書状は二通あり、立花貫長と一柳頼邦からであった。

「はて、何事か……」

急ぎ封を開けてみると、貫長は本家柳河藩主の立花貞俶を説得し、ようやく米相場への出資を思い止まらせることができたという。

俊平は、ほっと胸を撫でおろした。

上様が柳河藩の出資を知り、ひどくご立腹である。このままでは廃藩のおそれもある、と、貫長は脅したとのことであった。

「貫長め――」

俊平は含み笑いしながら書状をたたみ、もう一通を手に取った。

頼邦の書状では、資金の流入がつづいており、買い方に参加する藩も開き直って堂々と買っているという。

「まったく、困ったものだ。数藩が増えたというぞ」

俊平は、包みを抱え、遅れて部屋に入ってきた段兵衛に言った。

「段兵衛、お主も酷い顔になっておるな」

「そうか――」

段兵衛は憮然とした口ぶりで応えた。

俊平も、同じように苦虫を嚙み潰したような顔になっている段兵衛の顔を笑う。

「段兵衛。そなたの兄は、諸藩の趨勢は、まだまだ先が読めぬと申しておった」

「そうであろう。どの藩も自藩が可愛い」

段兵衛も、苦笑いして言う。

蔵屋敷常駐の若い藩士二人が、挨拶に訪れた。

「まずは、飯だ」

段兵衛が追い返すように言うと、

「ああ、いましばらくだ。賄いの女が飯の用意をしてくれるはずだ」

俊平は食事を終えると難問解決の方策を考えるため、ふらり町に出ることにした。

屋敷の船着場周辺に荷船が横付けされ、積荷の米を下ろしている柳生の庄の者の姿が散見される。

「この辺りでよいぞ」

七兵衛に命じ、漕ぎ出した湾の一角に船を横付けさせると、俊平は下船し、雪駄を鳴らして町に繰り出した。

前方近くに、堂島の米会所があるはずであった。もう相場は終わっている刻限だが、集会所を下見しておいて損はない。

俊平はやがて、堂島に近い蔵屋敷街に足を踏み入れていた。

海鼠壁（なまこかべ）の蔵屋敷が、ずらりと並んでいる。こちらは大藩の蔵屋敷である。

幕府は、大坂を幕府直轄地としているので、大坂ではたとえ蔵屋敷でも、持つことを許されていない。

そのため、大名が大坂に屋敷を持とうと思えば、町人の屋敷を借り、これを町人名義のまま運用するしかなかった。

この時、名義を貸してくれる町人を「名代（みょうだい）」と呼ぶ。

とはいえ、これらの蔵屋敷を実質的に利用しているのは、むろん大名である。

「ほう、壮観なものだな」

俊平は、見事なまでに立派な川沿いの蔵屋敷群に見入った。

人気（ひとけ）の消えた堂島の米会所に向かって、さらに歩を進める。

川の中州に、中国、四国の大名の借りている蔵屋敷が立ち並び、その川向こうに東西に長く、堂島米会所が横たわたっている。

凄まじい数の米取引は、春、夏、冬に行われ、日ノ本じゅうの米がここで取引されていた。

「ここが、決戦場か」

俊平は大きく息を吸った。

堂島米会所は、三つの空間に分かれている。大きい取引の行われる市場といっても、後の世の株式市場のような設備が準備されていたわけではなく、路上に集まって取引が行われているのである。

ただ、そこに誰でも入れるわけではなく、立ち入りは限られた者のみが許されていたのであった。

立ち合い所は、米切手を売り買いする正米取引、先物取引を行う帳合米取引、そして虎市（とらいち）という売買単位の小さい懐合い取引の三ヵ所に分かれている。

玄関の脇に会所があり、事務所の役割を果たしていた。そこには、五名の頭取他がおり、市場の取り締まりを行っている。

いまひとつの宮門脇では、帳合米取引の清算が行われている。

すでに夕闇が迫っており、取引所には人影もまばらであった。

俊平はぐるりと米会所を見てまわった。

取引所の会員数人が俊平に気づき、怪訝なまなざしで俊平を見た。

その視線をかわし、俊平はふらりと外に出た。

「さて、帰るとするか」

俊平は独りごちる。

帰路は、もう夕陽が半ば落ちて、視界から消えようとしていた。

海に迫り出すかたちでつくられた蔵屋敷に沿ってずらりと並ぶ海鼠壁のこうした光景は、江戸にはないものである。

町人が数人、米屋の店の前で、なにやら騒がしく米の値が高いと罵り合っている。

「騒がしいの」

いかにも難波の言葉らしくきつい。やはり大坂でも、米価が激しく上がって暮らしにくいらしい。

汗が飛び散るような荒々しい剣幕(けんまく)の町人の脇をすり抜けて、進んだ。

通りの向こうから三人連れの若い娘が、談笑しながら近づいてくる。

育ちの良い富裕な商家の娘らしい。男勝りの江戸の娘とはちがって、穏やかな話しぶりで微笑ましい。

（大坂は、いろいろと江戸とちがうものよ）

俊平は、白い海鼠壁の蔵を持つ商店街をゆっくり歩いた。帰りの道を見失ったようであった。

もう陽が落ちて、辺りはさらに暗くなってきている。

「これはいかん」

急ぎ駕籠を拾おうと通りを見まわして、ふと尾けてくる数人の影のあることに気づいた。

いずこの藩士か定かではないが、紋服姿の数人が見え隠れしながら追ってくる。

俊平が大坂にあることを知る者などいるはずはないが。あるとすれば、鴻池屋ら仲買人に与(くみ)する大名家の者であろう。

(はて、何者か……)

やはり刺客かと思う。

よほど、商人どもは俊平が邪魔になっているらしい。

辻を曲がって、壁に身を寄せ後方をうかがえば、いつしか人数が増えている。

俊平は、舌打ちして先を急いだ。

材木の置き場に身を潜め、追尾者を見送った。

男たちが、血相を変えて面前を駆け去っていく。

「どうやら撒いたようだ」

大名同士、他藩との喧嘩はむろん御法度である。露見すれば、双方御家断絶、大藩とても一瞬にして露と消えるという、厳しい幕府の法度がある。

(それにしても、どこの藩か)

思い当たるものといえば、福岡藩か薩摩藩くらいしかない。

商家の屋根の向こうに夕陽が落ち、町はすっかり夜陰に包まれている。

「急ぎ帰らねばならぬな」

と、辺りを見まわし、ふたたび駕籠を探した。

人影のない通りに、駕籠など見当たるはずもない。通りの向こうにぽつんと屋台の灯りが見えた。

蕎麦屋かと思ったが、ここは大坂で、うどん屋にちがいなかった。

出汁の匂いが漂ってくる。

近づいてみると、屋台を切り盛りしているのは、手拭いをかぶった小柄な老人であった。

「い、いらっしゃい」

老店主は、愛想よく俊平に語りかけた。

江戸の気風のよい蕎麦屋の掛け声ではなく、穏やかなうどん屋の挨拶は、それはそれで心をなごませる。

「一杯頼むよ」

古びた床几に腰を落とし、店主の手際のよい捌(さば)きを眺めていると、にわかに背後に気配がある。

「一杯、頼む――」

紋服姿の侍が、そう言って大刀を払い俊平の右隣に腰を下ろした。俊平は、ちらりと男の紋所(もんどころ)を見た。

三ツ藤が左巻きに渦を巻く「藤巴(ふじどもえ)」の紋所は黒田藩である。

俊平は、無言でうどんができあがるのを待った。

と、にわかに殺気が走り、隣の男がいきなり脇差しを引き抜き、俊平の腹に向かって一気に突き出した。

直前、とっさに床几の上で転がって、それをかわすと俊平はさらに左斜め前に飛んだ。

さらに、闇に転がる。

夜陰に覆面姿の侍が六人、闇のなかからバラバラと姿を現し、素早く抜刀して俊平を囲んだ。

「愚かな！」

男たちを見まわしながら、俊平はゆっくりと刀の柄を押さえた。

「いかに覆面で面体(めんてい)を隠そうと、うぬらの素性(すじょう)は知れておる。黒田藩の者であろう。米の値を追いすぎて、血迷ったか」

「――――」

俊平に黒田藩士と気づかれたことに、みな狼狽しているようであった。

「知らぬな――」

一人が、くぐもった声で言った。

「互いの藩が、御家断絶になる」

「知らぬ」

「なにゆえ、私を闇討ちにする。私が邪魔か」

「それも、知らぬ――」

別の男が小声で言い、また一歩前に出る。

「ばかな」

俊平は、吐き捨てるように言った。

いきなり背後から白刃が迫り、唸りを上げて夜陰を斬った。

体を反らせてそれをかわし、勢い余って前のめりに崩れた男の肩を俊平はぴしゃりと打った。

今度は左から、むろん峰打ちである。

真っ向上段に打ち込んでくる者の剣先をたたき、斜め袈裟掛けに打った。

男の骨が鳴いた。

これも峰打ちである。

男は苦しげに体をくねらせ、力なく足元に崩れていった。

他の五人が、打たれた二人を急ぎ担ぎあげる。藩同士の争いだけに、倒れた男を後に残すことはできないのである。

「お、覚えておれ！」

打たれた藩士を加え七人が、声を震わせてそう叫ぶと、打たれた男の体を半ば引きずるようにして闇に消えた。

夜陰に目をもどせば、うどん屋の老店主が屋台の陰で震えている。

「すまぬな。食いそこねた。頼むよ」

俊平が声をかけて、座り直すと、

「へ、へい」

店主は、恐る恐る俊平を見返し、無言でうどんを捌きはじめた。

二

翌日も昼過ぎになって、段兵衛と入れ替わるように、思いがけない侍が蔵屋敷を訪ねてきた。

国表大和柳生の藩士たちであった。

家老の小山田武信と藩の勘定方関平八郎、さらに京都の饅頭屋を任せている箱崎善兵衛である。

三人は、まだ昼餉を食べていなかったので、七兵衛が小舟で煮物を買いにいく。

以前の小山田武信は、剣術指南が大任であれば、代役を立ててはとか、大和まで剣術稽古に来られては、などといちいち口うるさかったが、近頃は江戸での俊平の評判が大和まで届いたのか、うるさい注文は控えるようになっている。

だが、食えぬ相手である。

「こたびは思わぬ収益が生まれ、藩の財政が潤いましてございます」

小山田武信は温厚な笑みを俊平に向けた。

「それは、よかったの」

俊平は、素直に胸を撫で下ろした。

「一時は藩の金蔵は空に近うございましたが、相模屋〈春風堂〉の金が届き、それで投資いたしましたので、収益が上がっております」

「うむ。まこと米価の上昇で救われたの」

俊平は、困惑しつつ利益が上がったことを素直に喜んだ。

「大和まで、大坂の相場の話は届いておるのか」

「はい。聞くところでは、売り方の仲買業者の数は増えておりまするそうな」

「それでも劣勢は否めぬようじゃの」

「まことに、まずうございます」

国家老は、小首を傾げて俊平を見た。

「ところで、大和柳生より土産がござります」

饅頭屋が笑って風呂敷包みを解き、俊平の膝元に置いた。

包みのなかは、酒蒸し饅頭であった。

柳生藩の陣屋内で作ったものという。

「おお、酒蒸し饅頭か、よい匂いじゃ」

俊平が、そのひとつを手に取った。

「じつは、こたび京で考案し、その後じっくり陣屋にて開発いたしました新作の饅頭を持参いたしました」

饅頭屋が、胸を張って言った。

「そうか。京ではそのような努力をつづけていたか」

「はい。じつはこれを京で売り出しましたところ、当初はなかなか思うように売れず、気を揉んでおりましたが、改良を重ねていくうちに次第に売れはじめました」

「それは上々」

俊平は、目を輝かせて饅頭屋を見返した。

「さらに柳生の里で、改良を重ねたものが、これでございます。自信もございます。ぜひお召し上がりになっていただきとうございます」

「うむ」

俊平は、ひとつを手に取って口に入れた。

「これは、旨い」

たしかに、その饅頭には、これまでに食べたことのない上品な味わいがある。

「これは、どうしたのだ」

俊平が驚いて、饅頭屋に訊ねた。

「はい。伊茶さまの饅頭は完成型で、売れ行きは上々だったのでございますが、我らも負けじと工夫を重ねました」

「なかに、なにを入れたのだ」

「まず、練り餡ではなく、つぶ餡を詰めてみました」

「これが、そうか」

俊平が、やや薄皮の色の濃い饅頭を手に取った。

「はい」

「これはこれで嚙み応えを楽しめ、人気を博しております。白餡のものも試してみました」

「こちらだな」

俊平が次に取ったのは、薄い山吹き色の外皮をもつ薄皮饅頭である。

「はい。さっぱりとして、こちらの支持者も、藩内にそれなりにおりまする」

「他には――」

「はい。味付け、酒の銘柄等、いろいろなものを替え、試行を重ねました。こちらが新しい京ふうの味の饅頭です」

饅頭屋が膝元に勧める饅頭を俊平が、ぱくりとやってみる。

「うん。これも旨い」

俊平が、目を輝かせた。

「どれが、いちばん評判がよいのじゃ」

「はい。伊茶様のものと、京ふうのものが」

饅頭屋が言った。

「よい結果が出て嬉しいぞ」

「上々の首尾にござるな」

家老の小山田武信も、にんまり笑む。

「さらに只今開発中のものもございます。ぜひ口に入れてみてくだされ」

「はて」

驚いて俊平が、饅頭屋を見返した。

「旨いの！」

「酒を関東の銘柄から、伏見(ふしみ)のものに変えました」

「たしかに、味がまろやかになっておる」

「はい」

饅頭屋は、俊平の反応に喜んでいる。

「味付けも、微妙にちがっておるな」

「こちらも京ふうかと存じます」

「うむ。京ふうは品(ひん)がよい。大坂でも、これは受けよう」

俊平が、もうひとつ取って、遅れて訪ねてきた勘定奉行の河野通喬にも勧めてみる。

「されば、いただきます」

通喬が手に取り、ひとつ口に運ぶ。

「これは、こちらの薄味のものもいけますな」

通喬も頰を膨らませ、旨そうに食べる。

「たしかに剣術で立つ家が、饅頭を売るようになるとはちと恥ずかしい話じゃが」

俊平が、いくぶん自嘲気味に言うと、

「いやいや、時代が変わったのでござります」

饅頭屋が、真っ直ぐに俊平を見て言った。

「そちは、何事にも前向きであってよいな」

俊平が笑った。

「剣術は剣術。藩の財政を支える饅頭は商売」

家老の小山田武信が笑った。

「商いは、命を支える金子を生んでくれる。武士が産業を興して悪いわけではない」

「われらも、そう思うております」

蔵屋敷の若党二人が、顔を見合わせて言った。

「そうか、そうか」

俊平が、また饅頭をひとつぽいと口に入れた。今度は白餡である。

「餡の色は変わっても、饅頭は命の糧に相違ない。大切にいたしたいものじゃの」

俊平が、二人を見返し頷いた。

「さて、それでは大和のご藩士もいらしたところで、大坂湾をご案内いたしましょうか」

七兵衛が言った。

「よいな。通喬殿もまいろう。大坂湾は、物売り船が出て愉しいと聞く」

「はい。殿のお口に合うかは存じませんが、当地の物をいろいろと買い食いをしてみるのも愉しうございます」

七兵衛が自信をもって頷いた。

領国柳生の庄にもどらねばと帰りを急ぐ家老小山田武信以下三人の藩士を送るため、俊平は七兵衛に命じて舟を出した。

大坂は、古くは難波潟（なにわがた）と呼ばれる葦原の広がる湿地で、突き出した半島状の陸地で難波（なんば）、とも言われてきた。

この地が古代から重要視されたのは、大坂湾が西日本の交通の要（かなめ）である瀬戸内海の東側に位置しているからである。しばしば変わる古代の都にいずれも近く、海運に重宝だった。

豊臣（とよとみ）政権が滅んだ後、いったん大坂は荒廃したが、幕府がこの地を直轄領として保護し、また西日本の諸大名に睨みをきかせる城に親藩大名を置いて保護した。

大坂湾は、海路に難所が多く、海運に不向きな江戸よりも、古来より恵まれた海運の要として大きな利便性があったため、河川の改修や堀の掘削（くっさく）を行い、諸藩もこれを利用して水路を開発、町はますます活況を呈し、八百八橋と言われるほど橋がかけられていく。

その八百八橋のひとつひとつを、首をすくめて藩の小舟は潜っていく。

葦原のどこかに潜んでいた物売りの船が、近づいてきて、

──団子はいらんかねーっ。

と声をかけてくる。

「ひとつ、食べてみませぬか。大坂の団子は、餅のようなやわらかさが特徴でございます」

船頭が俊平に声をかけた。

「されば、ひとつ」

俊平が笑って応じ、団子を買い求める。

訪ねてきた大和の家臣は、思いがけぬ船遊びにことのほか、ご満悦で国家老の小山田武信は、煙草を機嫌よくくゆらせ、

「大坂の風情は、格別じゃな」

と、独りごちていた。

俊平は、饅頭屋に声をかけた。

「本日はありがとう。頑張ってな」

「饅頭を喜んでいただけて、ありがとうございます。ご藩主様もお気に入りの饅頭をこれからも精を出し売ってまいります」

饅頭屋が機嫌よく言う。

「地道な仕事だが、よろしく頼む」

俊平はそう言って、また明日の相場が不安になり、舟から見る遠い葦原を見つめた。

米相場に決着をつける日が近づいている。

第五章　大暴落

一

江戸時代の幕藩体制の財政基盤は、米本位制に則っていた。

領民から徴収される年貢米を、大坂堂島など全国数ヵ所の米会所に運び込み、それを貨幣に替え、俸禄として藩士へと配り、また領内政治の諸費用にも充てていた。だから、米市場は日本の経済の中核であり、なかでも大坂堂島は、その米市場の中心的存在であった。

それだけに、大淀川北岸に開かれる堂島米会所は、目を瞠るほどの規模で、市場に参加し、取引する市場関係者は、数千人にも及んだ。

そして、そこで決定される市場価格が、日本全国の米価となったのである。

俊平は、段兵衛とともに、この巨大な米会所へ足を運んだ。これで二度目となる堂島市場のようすを見まわして唸った。

「こいつは、凄まじいものだな」

「まことよ。ここで我が国の米価が決まり、庶民の生活の悲喜こもごもが生まれるのだな」

段兵衛も、伸びた髭を撫でながら言った。

大坂堂島は朝を迎えて、いよいよ相場が開始された。

市場は初めなぜか値が動かず、相場は一進一退の膠着(こうちゃく)状態に入り、いかにも大相場を予想させる展開である。

「米の値だけで、貧富の差が決まる。米の値は、もはや上がらぬほうがよいのだが」

俊平が、段兵衛を振り返って言った。

「相場は、熟しきっている。天井に向けて大きく跳ね上がっていると、七兵衛も言うていた。力を溜めているのやもしれぬの」

「では、やはり上がるか」

段兵衛が、忌々(いまいま)しそうに言った。

「さあ、これで一気に天井を突いて下がるかもしれぬが、そう言われながらも、何年も上がりつづけている」

　俊平は吐息をつき、また市場を見まわした。

「上様は、幕府の威信にかけても鎮めねばと思っておられる」

「俊平、そなたの書状は諸藩に届いたのであろうな。市場が開いてもう半刻が経つが、未だ米価に大きな変動はない」

　段兵衛は、あらためて俊平の横顔を覗いた。

「大坂城代は、必ず送りつけると、勘定奉行の河野殿に約束したそうだ」

　俊平が、むせ返るほどの熱気に包まれている市場を見渡しながら言った。

「買い方も売り方も、しばらくはようすを見ておるのだろう」

「勝負はつくのか」

「いずれつく。おそらく今日じゅうにな」

「勝敗を左右するのは？」

「諸大名の進退とみる」

　市場の熱気のあまり、喧嘩を始めた若い米商人を笑って見ながら、俊平が言った。

「商人らは、思いがけなく売り方が増えているのに驚いているらしい。あとは、どれだけ諸藩の金が売り方に上積みされるかだ」

「ふうむ。俊平の書状に、大名家がどれだけ反応するかだな」

「そういうことになる」

俊平は、顎を摑んで頷いた。

「西国の大名は、いずれも太っ腹だ。すぐには退かぬかもしれぬだろう」

段兵衛が苦笑いして言った。

「退かねば、藩を取り潰すと脅したのだがの」

俊平が苦笑いした。

市場に参加する仲買人の数は、さらに増えている。

商人の一部は、いずれも険しい眼差しで値動きを追い、思った動きをしていない者は激しく舌打ちしている。

「大坂の商人は、江戸の商人以上に騒がしいの」

「これは博打場だ。あの熱気を思い出してみよ」

「ううむ」

二人揃って、もういちど詰めかけてきた仲買人を見渡せば、小作りの武士がもみくちゃになり、押し潰れそうになりながら、仲買人の指の動きを観察して、米価の行方を追っているのが見えた。

「あれは、勘定奉行の河野通喬殿ではないか」

俊平が、声をあげた。

通喬が、二人に気づいてこちらに向かってくる。

「どう見る。今日の動きは」

俊平が、通喬の顔を覗き込んだ。

「膠着状態と言ってよろしかろう。売りも買いも、まだようす見です。指し値を入れて、慎重に相手の動きをうかがっているようです。半端な注文を出せば、もう一方が反対売買を被せてきます。すると一方に大きく動く。それを恐れているようです」

「そうか。買い手は、幕府が本気であることを警戒しているのだな」

通喬が頷いた。

「息苦しい一日となっておるな」

段兵衛が髭を撫でて、ふうと吐息した。

「じきに、昼休みとなります」

通喬が言った。

昼は、九ツ（十二時）から半刻の休憩となる。

「そういえば、腹が減ったな」

段兵衛が言った。

「大坂東町奉行所の者が、弁当持参で詰めております。きっと、お二人の分も用意しているこ とでしょう」

通喬が言う。

「それは、ありがたい」

俊平が背筋を伸ばし、腰を向けて辺りを見まわせば、米会所の片隅に四人の役人が佇んでいる。

俊平が手を上げれば、与力四人がこちらに駆け寄ってきた。

風呂敷包みを抱えている。

「これは柳生様。お役目、お疲れさまです」

与力の一人が、俊平に一礼した。

「どうだ。今日は、なんとかなろうか」

俊平が、弁当を手渡してくれた与力に訊ねた。

「手に汗して見ておりますが、今のところは互角でございます。なんとも情勢は読みかねまする」

「うむ。こたびは、諸国の民の日々の生活が懸かっている。なんとしても、米価は抑えねばならぬのだ」

俊平が語気を強めて言った。

床几に座り、みなで東町奉行所が用意した弁当を食べはじめる。

川の中洲を川風が、爽やかに渡っていく。

「うむ、なかなかに旨い」

段兵衛が、満足そうに言った。

「奉行所には、あちこちから、いろいろな報せが集まっておるのであろうの」

俊平が、与力に訊ねた。

「あらかた、出資する商人の名は摑んでおります」

「ほう」

「しかしながら、買い方の投資金額はわかりませぬ。儲けを上乗せしようと、投資額も日に日に増えているようで」

「諸藩の動きが摑めませぬ。高値に示し合わせ、買いの勢力に加わっている者が多いと存じます。大藩はともかく、小藩の動きまでは摑めませぬ」

別の与力が、悔しそうに膝をたたいて言った。

「困ったことよ。そうした各藩の金は、まだ動いていないのだな」

段兵衛が訊ねた。

「はい。しかし、昼過ぎからは動きましょう」

「うむ。つまりは、後場が勝負か。そなたらはどう読むな」

「わかりません」

与力の一人が、きっぱりと言って首を振った。

食事を終えて米会所にもどると、こちらをじっと睨んでいる男たちがいる。

春風堂に雇われている浪人たちであった。

吉宗に討たれたため、一人減っている。

段兵衛が腹を立て、つかつかと四人のところへ歩み寄った。

「おまえたち、いつの間に大坂へ来た」

「知らねえな。おめえたちもいつ来た。お武家様のご都合までは、俺たちにも摑めねえからな」

「こ奴ら」

段兵衛が、四人をどやしつけた。

「もっと穏やかにお話しいただきてえ。俺たちゃ、なにもここで悪いことはしておりやせんぜ」

浪人者の一人が言う。

「そうだ、そうだ」

と、他の浪人者たちも揃って応じた。

「それなら、お城で柳生の旦那は悪だくみなさってないんで」

「なんだと」

俊平が四人を見返した。四人はなにかを摑んでいるらしい。

「黙れ、江戸のあぶら虫ども」

与力が吐き捨てた。

「なんだと、小役人め」

四人の浪人者たちが、揃って身を乗り出した。背後に商人衆が寄ってきて、ずらりと揃った。春風堂の仲間らしい。

「噂じゃ、江戸の将軍様が、西国諸大名に書状を送って、買い手から手を引けと厳命されたそうだ」

人相の悪い、春風堂の番頭らしき男が言った。

「なに、信じられぬことを言う」

俊平が惚けた顔で言った。

「おまえら、なぜそのことを」

段兵衛が、正直に問い返した。

浪人四人はそれには応じず、三人を睨み据えながら去っていった。

後場に入っても、相場はあまり動かない。まさに大勝負のように見えた。

「柳生殿。大坂城代に対面を求め、お話しいたしましたが、城代は買い方のこたびの投資資金を、あらかた三百万両と見ておられるようでございます」

「三百万両か。大金よな」

俊平が、重い吐息を吐いた。

「で、幕府は、これに競り勝つだけの資金を用意できているのか」

俊平は通喬の顔を覗き込んだ。

通喬はしばらく考え込んでから、

「ご城代は、はっきりとは申されませんでしたが、ばらばらに天領からかき集めているようで、大坂城からはとりあえず、二十五万両が出資されることになっておるようにございます。ただ、これもあまり自信はないようで」

河野通喬が苦笑して言った。

前場で少し上がった米価は、後場でも上がったままの気配が強い。

「見ておられませぬな」

通喬が、苛立ちを隠せないようすで言った。

段兵衛も面白くないのだろう、黙り込んだまま、ひと言も口をきかない。

会場の仲買人は、買いが勝つと思い込んでいるのだろう、小幅の上昇でも喝采を上げている者が多い。

町方役人が数名、時折米会所に駆け込んできて、相場の動きを追い、またすぐ去っていった。

「いつ、動くのだ」

俊平が、通喬に訊ねた。

「資金を投じている売り方が多いのでしょうが、まだのようです。買い方の動きがいったん止まらねば、売り方も動きますまい」

「そうか……」

俊平も、残念そうに口を噤んだ。

「売り方の資金は、着々と増えているようでございます」

「ならば、天井が形成されるのを待つよりないか」

後場に入って半刻後、勢いよく上昇した米価は、ようやく落ち着きを見せ、いくぶん反落を始めた。

「どうやら、諸藩は動かぬな」

段兵衛が、ふと安堵したように言った。

「しかし、また買い方に勢いが増しはじめましたぞ」

通喬が、不安げに言い返した。

買い方の商人が、また喝采を始めている。

「くそっ」

通喬が、拳を握りしめた。

風が強くなってきたらしい。

前の広場で強風が立ち上がり、舞っている。首をすくめて、米会所に駆け込んでくる者も多い。

「荒れてきたな。この国の米価が、乱れておるのだ。天気とて荒れよう」

俊平が、米会所の入り口を見返して言った。

「なるほどな」

段兵衛が意外そうに見返した。

相場は、また小さな上下動があって、やがてぴたりと止まった。

そのまま半刻近くが経つ。

「おや」

通喬が、小さな声を発した。

米価が、今度はゆるゆると下降を始めている。

米会所で、どよめきが上がった。

「これは、落ちはじめたな」

段兵衛が目を輝かせた。

「たしかに売り方に勢いがある。買い方はもはや少数のようだ」

「買い方は、力尽きたか」

俊平が、取引場を見まわして小さな笑みを浮かべた。

米価は、そのままじりじりと下がっていく。

米会所に、ふたたびどよめきが起こった。

「長い上髭（うわひげ）が立ちます」

通喬が言った。

「上髭、とはどういうことだ」

「相場の用語です。蠟燭足に卒塔婆（そとば）状の長い尺が立つ形を申します。天井を打ち、相場が落ちてきた兆しが出ております。こたびは、天井の印でございます」

通喬が力を込めて言った。

「ふむ、天井か。それは、天の助け」

段兵衛が言えば、取引場に悲鳴が響いた。

買い方の商人が、気が狂ったように会場を駆けはじめた。

「買い方の連中は、買いの大金が一気に露と消えたのです。あの連中は、もはやしばらく動けますまい」

「まこと、相場とは怖いものだの」

俊平が、溜息まじりに言った。だが、顔は笑みでいっぱいであった。

「相場とはまことに荒々しい。しかし、一度この世界に嵌まった者は、その魔力から抜け出せぬようになると申します」

通喬が言う。

「これなら、米価は、このままずるずると下がって大引けを迎えような」

「はい。狼狽売りが起こっております。このままこの勢いで、下げていきましょう」

通喬が断じる。

「おい、俊平。こちらを見ておる連中がおるぞ」

段兵衛が、俊平に耳打ちした。

鴻池民右衛門、愛娼のお慶、それに用人棒の小笠原刀角がこちらを睨んでいる。

「あ奴ら、大坂に来ておったのか」

「我らに遅れて廻船で来たのであろう。あ奴らは、もともと大坂の者だ」

俊平が、袂に腕をつっ込んで言った。

「柳生様。あ奴の目つきは、気持ち悪うございますな。奴に睨まれると背筋が震えます」

鴻池民右衛門が、こちらを見て刀角に何かを告げている。

奉行所与力が、三人のもとに駆け寄ってきて、

「我らが勝利いたしました。今宵宴を催しまする」

と、上気して言った。

「それはよい。だが、しばらくは、西国大名の刺客がうるさかろう。用心せねばな。鬱陶(うっとう)しい奴らだ」

外では、ようやく砂嵐がやんだようであった。

「さて、帰るか――」

段兵衛が、大きく背伸びをして言った。

兄の藩、筑後三池藩の蔵屋敷にもどるらしい。

「蔵屋敷のようすは、どうだ」

俊平が段兵衛に訊いた。

「藩士が、大切にしてくれる」

「藩主の弟だからの。みな大事にしてくれよう」

「はは、もっともだ」

段兵衛は、笑って俊平を見返した。

「わしも歳をとったものだ」

俊平も、段兵衛を笑って見返した。

「されば――」

俊平が、筑後三池藩蔵屋敷にもどる段兵衛に別れを告げ、駕籠で柳生藩蔵屋敷にもどると、もう白壁の蔵屋敷の群れの向こうに、夕闇が下りかけている。

「申し――」

と、門前で声をかけてくる者がある。

頭巾を被り、亡霊のように立つ女と、その影に立つ浪人ふうの陰気な侍がいる。

面体をうかがえばお慶であった。影に立つのは、小笠原刀角である。

「私に、なんの用がある」

俊平が、お慶の頭巾の奥を覗いた。

「お礼を申し上げたいのです」

お慶が言った。

「礼――？　異なことを言う」

「おまえさま、諸大名を動かしましたな」

「はて、知らぬな」

「お惚けなされるな。西国の大名を動かせるのは、江戸の将軍以外にない。その将軍の書状が、昨日諸藩に届いたという。なぜ、将軍の書状がそれほど早く届く。おそらく、おまえさまの書いた偽(にせ)の書状――」

「馬鹿な。そのようなもの、私が上様の許しもなく書けるはずがない」

「おまえさまは、将軍吉宗の剣の師にして、将棋の敵(かたき)と聞く。松平出身の縁戚でもあろう」

「はて」

俊平は苦笑いを浮かべ、顎を撫でた。

「だとしたら――」

「この男が、将軍家剣術指南役のおまえさまに、一手指南いただきたいと申しております」

「なんと——」

刀角が消えている。

どこかに潜んだらしい。闇から、一気に打ってくるものと見えた。

「私は、他流試合などする気はない」

「怖じ気づいたか」

お慶が、冷やかに笑った。

「去れ」

「去りませぬ」

お慶が、不敵に笑った。

いずこからか、急接近する気配がある。

辺りを見まわしたが、人影はない。

風がひゅうと唸り、次の瞬間、俊平の頭上で人影がにわかに蠢(うごめ)いた。

黒い生き物が、急降下してきたかと思えば、それは消え、もういちど辺りを見まわせば、門脇の土塀の上辺りで人影が動く。

いきなり小笠原刀角が、化鳥に身を変えたかのような素早さで、俊平に打ちかかった。

俊平は、かろうじて身体を捻り、入れ替わるようにして刀を翻した。

刀角も反転し、袈裟に斬りかかってくる。

愛刀肥前忠広でそれを受け、素早く刀角の胴を払った。

だが、一瞬俊平は影を見失った。

影はいつの間にか、俊平の後方に立っていた。

「ちっ」

半間もない距離から、白刃が逆袈裟に下ろされた。

かろうじてそれを受け止めたが、その刀を力ずくで跳ね返され、影の刀は横に離れる。

背を斬られるところであった。

これをかろうじてかわした俊平は、後方に跳んだ。

刀角は、にやりと笑った。

刀剣を逆さに取っている。

忍びの者が、直刀をこうして持つことは知られていたが、刀角のような剣客がそうした刀の使い方をするのを見たのは、初めてであった。

流儀を持たない遣い手ならではの刀法である。

「なぜ、私を狙う」

「恨みよ」

「はて、おぬしが相場で損をしたわけはではあるまい」

「わずかに負けた。だが、そのようなことは、どうでもよい」

「されば、なぜ」

「鴻池様の御心をお察しした」

「鴻池が恨んでいると申すか」

「それは、そうであろう。大金を失われた。おぬしが動いた形跡がある」

「金の恨みで、剣客のおぬしが命の遣り取りか。愚かなことよ」

「今の世は、しょせん金。愚かでもあるまいよ」

刀角は、ふたたびするすると踏み込んで、逆手の剣を左右交互に振り分けてくる。それを幾たびも弾き返し、いったん後方へ跳ぶや、俊平は体勢を整えて、ふたたび踏み込んで行った。

刀角もこれを迎え出る。両者の間合いは、ぎりぎりまで迫った。

刀を合わせると、刀角はさらに踏み込み、身体を合わせると、いきなり小刀を引き抜いて、俊平の腹を突いた。

俊平が身体を捻ってそれをかわすと、刀角の斜め前方に回った。

俊平が反撃に転じたその瞬間、どこからか、白い物が撒かれた。

勝負をじっと見ていたお慶の撒いた、幾摑みかの塩であった。

目を閉じて前に踏み出すと、翻(ひるがえ)って刀角の背を袈裟に斬る。

刀角は、俊平の剣を受け、前にぐらついた。

「やめておけ」

俊平が言った。

刀角が悔しそうに刀を下ろし、崩れるようにしながら、辛うじて身体を支えた。

俊平の一刀が、わずかに刀角の背を裂いていたのである。

「おまえの剣は、まだまだ素早いだけの剣だ」

お慶が、刀角に駆け寄って行き、俊平に吐き捨てるように言った。

「いずれ、また会おう。次は必ず倒す」

「いつでも、お相手いたす」

俊平が、静かに応えた。

刀角は、お慶に支えられてゆらゆらと去っていく。

俊平は二人を見送ると、藩蔵屋敷に入った。

二

軽い足どりで大坂東町奉行所を出て、藩蔵屋敷にもどった柳生俊平は、煙の立ち込める屋敷のようすに驚いて噎(む)せた。

廊下を渡って奥に入ってみると、台所からひどく煙が立っている。

「どうしたのだ！」

「あ、これは殿――」

藩士の一人茅野文蔵が、煙の向こうから顔を出した。

「竈(かまど)で米を炊いておるのですが、あまり上手くいきませぬ。慣れぬ作業なので、火加減がわからず、竈に煙が立ち上がっております。手際が悪く、なんとも申し訳ござりませぬ」

鞴(ふいご)を操る手を止め、文蔵がひどく慌てて頭を下げた。

もう一人の藩士篠田啓次郎は、その横でなにやら煮物を作っているらしい。

妙な匂いが立ち込めている。火加減がわからず、鍋の底を焦がしているようであった。

「賄いの女が、料理を作ってくれていたのではないのか」

俊平が、腑に落ちない顔で、訊ねた。

「はい。通いの女が面倒を見てくれておりましたが、しばらくは来られぬと伝えてまいりました」

啓次郎が、真っ直ぐに俊平を見つめて答えた。

「しばらく来られぬとは、一体どういうことだ。もう来られぬということか」

「はあ、そうかもしれませぬ……」

啓次郎心配げに言った。

「して、そなたはそこで、煮物を炊いておったのか」

「はいしかし、なんとしても煮物は難しく、苦戦をしております。煮売り屋から購った残り物と、食べ比べておりましたが、やはり、なかなかそこまでは……」

啓次郎が、残念そうに言った。

「ならば、煮売り屋から買うてくるよりあるまい」

「しかし、量り売りの煮売り屋が、売ってくれないとのことでございます。七兵衛は、がっかりしておりました」

「売ってくれぬとは、なぜなのだ」

俊平が、刀を置いて台所の床に座り込んだ。

「わかりませぬ。いつも買っていた店が、売ってくれぬというのです」

「なんとも妙ことがつづくな。七兵衛はどうした」

「しかたなく、売ってくれる店を探しに行きましたが、まだ帰ってまいりません」

啓次郎が、焦り顔で言った。

「これは、なにかあるな……」

俊平が顔を曇らせ、顎を撫でた。

「どういうことなのでございましょう」

文蔵と啓次郎が、怪訝そうに俊平を見返した。

「恐らく、我らに敵対する者らが、売らせぬのかもしれぬ」

俊平が、思い当たったように言った。

「そのような……。敵とは」

啓次郎が言った。

「定かなことはわからぬが……。鴻池屋の手が伸びたのやもしれぬ」

「なんと鴻池屋！」

「今日のことを、さぞや恨んでおるはずだ。そこで、仕返しに出ておるのだろう。米会所で奴らを負かしてやったが、凄まじい形相であった。ことに、私を恨んでおろうよ」

俊平は苦笑いした。

「しかし、いかに大商人とはいえ、煮売り屋にまで手を伸ばすなどということがありましょうか」

文蔵が言った。

「わからぬな。しかし鴻池屋の力は、大坂では、それは絶大なのであろう」

「それはまあ、そうでございますが」

啓次郎が言った。

「そういえば、蔵屋敷周辺にやって来る物売りの船も、本日は一向に姿を現しませぬ」

「驚いたな。やはり、これは明らかに何者かの手が伸びているということだろう。嫌がらせをしているとしか思えぬ。やはり鴻池屋か」

俊平が立ち上がり、台所の端に刀を置いた。

「ちと、腹が空いたな」

と言えば、

「申し訳ありませぬ」

と、文蔵が、古漬けの沢庵を俊平に手渡した。

俊平は、ポリポリとそれを食べはじめた。

「これでは、もはや兵糧攻めでございます」

文蔵が、呆れて言った。

「まことよの」

俊平は、唇を歪めて苦笑いした。

「しかし、ここは蔵屋敷。米は、売りに出すほどたっぷりございます。まあ、飢えることはございますまい」

啓次郎が笑う。

「それはそうだ。だが、米だけ食うておるわけにもいくまい」

俊平が笑った。

「されば、明日よりみなで買い出しにまいりましょう」

文蔵が言った。

「それも、愉しそうですな」

啓次郎が言い返した。

と、玄関に人の気配がある。

七兵衛が、買い出して来た食物の包みを、両手いっぱいに抱え、

「えらい苦労をいたしましたぞ」

喘ぎながら言った。

この辺りの店はどこも売ってくれず、中之島まで足を延ばしたという。

七兵衛は、荷が重かったのだろう、腕をさすってから、

「残り物で、大した物はありませんが、ご勘弁を」

済まなそうに頭を下げて、みなの前に包みを開けた。

それでも、美味そうな煮売り屋の惣菜が、ずらりと並ぶ。

「なんの。そなたが苦労して買いに出てくれた物だ。ありがたく頂戴するよ」

「しかし、まだ米が炊けておりませぬ」

文蔵が、済まなそうに言った。

「なに、なんとか炊きあがろうよ。とまれ、惣菜から食べるとしよう」

俊平がみなを誘った。

「されば、皿を取って来ましょう。笹の包みでは、いかにも味気のうござります。あっ、そうでございました。ご安心くだされ。朝の握り飯がござりまして、八つほど残っておりました」

七兵衛が台所から、大きな皿と握り飯を運んで来た。

「握り飯か。ありがたい」

文蔵と啓次郎が、俊平に惣菜を取って勧め、白い握り飯を鷲摑みにして頰張る。

「これは、ひときわ旨うございます」

七兵衛が、みなを元気づけるように言った。

「酒があろう。持ってまいれ。みなで、本日の勝利の宴といたそう」

俊平が、二人の若い藩士を促すと、

「しかし、こんなところでは」

と、台所を見まわした。

みなが、台所に座り込んでいたことに気づき、笑った。

四人は、飯と惣菜を抱えて広間にもどり、みなであらためて車座になる。

「それにしても、酷いものでござります」

七兵衛が、握り飯を頰張りながら言った。

年寄りにしては、七兵衛は食欲が旺盛である。

「商人ども、大名に向かって、あからさまな戦いを仕掛けてきております。なんとも、不届きな所業でございます」

「うむ。私も驚いたが、なにせ、ここは大坂。商人の聖地だ。そのようなことも、あり得るのであろうよ」

俊平は、諦めたように言う。

「しかしながら……」

七兵衛は眼を剝いて、握り飯を握りしめた。どうも、怒りが収まらないようである。

「奉行所に訴えましょうか」

啓次郎が言った。

「だが証拠がない。奉行所も、恐らく取り締まるのは難しかろう」

俊平が、諦めたように言った。

「さようでございましょうが」

「商人は、よほど悔しいのであろうよ。あ奴ら商人は本日、取引に敗れ、大変な損をした。買い方のなかには、財産を失う者もあったであろう。このくらいの憂さ晴らしは、あっても不思議ではない」

「それでは、我らは泣き寝入りするよりないのでございますか――。あたしは、我慢なりませぬ」

七兵衛が、声を震わせて言った。

「ううむ、いかにすればよい」

「さあ、いずれほとぼりが冷めましょうが」

啓次郎が、力なく言った。

「本日は、何百万両もの金が動きました」

七兵衛が言った。

「それなれど、今日の相場の崩れ方は異常であったな。七兵衛、そなたの読みどおりだった。相場は、天井近かったのだ。一気に崩れた」

「これからは、売り方が俄然有利となりましょう。相場は、崩れると一気に落ちていきます」

「そうか。それはそれで面白かろう」

「まあ、面白うございます」

「そなた、今後は売りで一儲けする気か」

俊平が、七兵衛に笑いかけた。

「はい、まあ。でも、あたしはほんの少額ですから、儲けても、たかが知れております」

七兵衛が、にやにやと笑って、旨そうに惣菜をつついた。

「それでもよいのだ。博打で財産を作る者もおるでな」

「いっそ、柳生藩も売りを仕掛けますか」

七兵衛が、俊平に誘いかけた。

「さてな。危ない橋は渡りとうないが、七兵衛がそれだけ自信があると言うのなら、まあ、やらぬでもない。そなたらに任す」

俊平は三人を見返し、笑って猪口を呷った。

若い藩士二人が、嬉しそうに頷き合った。

「それにしましても、今日の成果は、藩にとって、大きうございましたな」

七兵衛が、噛み締める口調で言う。

「そうであったな」

俊平も、米会所の熱気を思い返して言った。

「とまれ、民の暮らしがこれでひとまず救われたのです。なによりと存じます」

文蔵が言った。

「まこと、我ら、このような蔵屋敷で暮らしておりますので、ようわかりませぬが、この大坂の地でも、米価の高騰により、民の暮らしはまことに苦しくなっており、米問屋がかなり打ち壊しにあっているそうにございます。民のなかには川に身を投じる者もあるやに聞いております」

七兵衛が言って、首を振った。

「江戸もそうであった。諸国の民も、これで人心地つけるであろう」

「次は、米価の大幅な下落が予想されます。今度は、武士の暮らしが苦しくなりましような」

七兵衛が、淡々とした口調で言う。

「大幅とは、一体どれくらいだ」

俊平が、眉を顰めて七兵衛に訊ねた。

「こたびの高騰は、底値から倍以上に上がっております。下がれば、少なくとも半値にはなりましょう」

「半値か――!!」

驚いて、俊平が七兵衛を見返した。

「鴻池屋のような大口の手が入れば、それくらいは当然いきましょう。いや、勢いづけば、四割にまで」

「そうか――」

俊平は、藩の収入の半減を深刻な面持ちで聞いた。

「とまれ、米をめぐる戦はまだまだつづくな」

「むろんでございます」

七兵衛が、吐息とともに深く頷いた。

その夜、四人は、握り飯と簡単な惣菜で腹を満たし、冷や酒を飲んで夜を明かした。

だがその翌日、さらに驚くべき報せに、四人は胆を潰すこととなった。

昼過ぎ、蔵屋敷を借り受ける地主の美濃屋の番頭が三人で藩邸を訪ねてきて、この家は他藩に貸し付けることになったので、十日以内に立ち退いて欲しいと申し入れてきたのであった。

その要求は有無を言わさぬ荒々しいもので、居丈高であった。

「出て行けと、申すか」

俊平が、目の色を変えて三人を見返した。

「さようでございます」

「立ち話はできぬ。上がれ」

俊平は、三人を奥に通した。

座敷に上がる美濃屋の番頭を見返し、俊平は睨みつけた。

「何故、出て行けと申す。それに、あまりに急な話ではないか。我が藩と美濃屋は、証文を取り交わしておるはず。これは、無法な要求であろう」

俊平は、七兵衛が茶を淹れてくるのを待って、言った。

「まことに申し訳ござりませぬが、貸し付けたい藩がござります」

揉み上げを長く伸ばした、眉の濃い番頭が言った。

「しかし、証文があろう」

「生憎、あれには不備がござりました。有効なものではござりません」

別の番頭が、平然とした口調で言う。

「そのようなはずはない。不備とは、いったいなんのことだ」

「数代前のご藩主さまが行ったことゆえ、ご存じないかもしれませぬが、あの証文には、署名捺印がございません。むろん、このことは双方に責任がございますが、不備は不備、証文は無効です」

「言いがかりも甚だしい」

　俊平が、膝に拳をたたいて言った。

「今になってこのような話、聞く耳持たぬ」

「それはなりませぬ」

「なんと」

　篠田啓次郎が、刀を摑んで立ち上がった。

　三人の番頭が、身を凍らせ仰け反った。

「こ、これは、商取引にございまするぞ。いかに刀を以て脅されても、引き下がるわけにはまいりませぬ」

　七兵衛も、三人を睨み据えた。

「まあ静まれ」

　俊平が、二人の藩士と七兵衛を制した。

「いずれにしても、とても受け入れられぬ話だ。まずその不備という証文、目を通したい。その証文、持ってまいれ」

　俊平が、藩士に命じた。

「あ、いえ、証文は幾十年も前のものにて、当屋敷は保管しておりません。恐らく柳生の陣屋にあるものと思われます」

「そうか。ならば、まずそれを取りに行き、目を通さぬうちは、埒（らち）はあかぬな」

俊平が、番頭三人を睨みつけて言った。

「いいえ。それはなりませぬ。十日の後に、お引き払いいただきとうございます」

番頭が、顔を赤らめ、強引な口ぶりでそう言った。

他の二人の番頭も、怒気（どき）を孕（はら）んだ眼で頷く。

「十日の後とは、無理無体なことを言う。取って来るだけで、三、四日はかかろう。そちらだけの存念で勝手なことを申しても、無理なものは無理。帰って美濃屋にそう申し伝えよ」

「聞きませぬ」

「当藩の証文は、十日のうちに調べよう。美濃屋の証文も見せよ。照らし合わせる」

「当店の証文には、署名も捺印もございませぬ」

番頭の一人が冷やかな口調で言った。

「それでよく貸し付けたな」

「昔のことでございます」

「知らぬな」

「十日のうちにお立ち退きいただかなければ」

「どうする」

「力ずくでも、お立ち退きいただきます」

「呆れたものだ。商人が武士に、力ずくとはどういうことだ。申せ、番頭。なぜ急ぐ――」

「これはあくまで商売の上での話。高値で借り入れたいという藩があるので、算盤ずくで話に乗ったまで。我らは商人。利のため粛々と進めてございます」

「高値でと」

「はい。先方は柳生藩とのお約束の三倍で、借り受けたいと申されております」

「いずこの藩だ」

「生憎、申し上げることはできませぬ」

「嘘偽りを申すな」

「いいえ、けっして。これは商売上のお話。藩の名を出して、先方にご迷惑をお掛けするわけにもいきませぬ」

「なにが、迷惑な話だ。こ奴ら」

啓次郎が、また刀を立てて片膝立ちした。

「されば、これにて失礼いたします。十日のうちにお立ち退きくださりませ。そうなされぬ場合、係争(けいそう)も辞さぬ所存」

番頭は、二人の同僚とともに、見送りもなく立ち上がり、部屋を去って行った。

若い二人が刀を摑んで、立ち上がった。

俊平はそれを見送って、

「なんとも、無茶なことを申すものよ」

重い吐息をつき、茶を啜った。

「これは、跳ね返すことができぬのでございましょうか」

七兵衛が悔しそうに言った。

「証文を見てみねばわからぬが、難しい争いとなろうな。それにしても、これほどの無理難題。背後に鴻池屋がおることはまちがいあるまい」

俊平は、腹をくくったように言った。

「されば殿、至急柳生の陣屋に行き、証文を取ってまいります」

七兵衛が言った。

「護衛を連れてまいれ。美濃屋の手が尾(つ)けてくるやもしれぬ」

「かしこまりましてござります。用心いたします」

「されば文蔵と啓次郎、そなたらは大坂を探り、美濃屋と鴻池屋を見張ってくれ。まずは、大坂東町奉行所に掛け合ってみよう。この争い、いずれにしても、町奉行所の管轄になろう。妙案が浮かぶやもしれぬ」

俊平はそう言いながら、考えれば考えるほど奉行所でもこの案件は解決できないように思えてくる。

「いずれにいたしましても、これは商人どもの、武家への真っ向からの挑戦でござります。ここで、退くことはできませぬ」

文蔵が、歯噛みをして言った。

「むろんのことだ。ちと、風に当たってくる」

俊平がそう言って、刀を取った。

「すぐ、舟を用意いたします」

七兵衛が立ち上がり、急ぎ舟屋に向かって行った。

俊平は、およそ半刻の後、大坂東町奉行所に奉行稲垣種信を訪ね、膝を突き合わせて語り合った。

稲垣は、話を聞いても明快な解決策を見出せず、重く口を閉ざしていた。

後方には与力三人が控えていたが、二人の密談があまりにも密か過ぎて、よく聞こえないようで、胡座をかき、なにやら資料を読み耽っている。

「どうだ、稲垣殿——」

「柳生殿、この話、ちと処理が難しうござりまするな……」

稲垣が、額に皺を寄せ苦しげに言った。

「やはりの」

「これは商談ゆえ。町方は、口出しすることはできませぬ。あいにく正式な証文が交わされていないのであれば、そもそも取引は成立しておらず、美濃屋の要求には従わざるを得ませぬ」

「それは、そうであろう。しかし、これは鴻池屋からの報復であることは明白なのだ。ここで敗れては武家の名折れだ」

俊平が、あらためて奉行の顔をうかがった。

「なにか、別の道筋から反撃するよりござるまいが……」

「これは明らかな幕府への挑戦。なんとしても押し返すよりありませぬ」

「承知してござる。ただ、奉行所は、法度に従い運営されてございます。力押しに押し立てることはできませぬ」

「それは、そうであろうが……」

俊平は、苦しげに応じ、重く吐息した。

「美濃屋や鴻池屋の不正は、なかろうか」

「はて。あっても美濃屋と鴻池屋の繋がりも不確かでござりますれば。ただ、大坂での鴻池屋の影響力は絶大。当然美濃屋との繋がりがあっても不思議ではありません……」

「そうであろう」

俊平は、額の汗を拭った。今日はことのほか暑い。

「それともうひとつ、まずいことがござる」

奉行が、額に皺を寄せ俊平に顔を寄せた。

「じつは、鴻池屋は幕府にも金を貸しているのです」

稲垣が恥ずかしそうに言う。

「なんと！」

俊平は身を起こし、呆然と稲垣を見返した。

「江戸の幕府が借りておるのですか」

「いえ、大坂城代が、借りていると聞いております」

稲垣がさらに小声になって俊平に告げた。

「そのようなこと、あってよいものか……」

俊平は、呆れ顔で稲垣を見返した。

「この話、百年も前からのことにござる」

「勘定奉行の河野殿は、そのようなこと、なにも言っておらなかったが」

「それは、幕府の恥ゆえ、口に出せなかったのでござりましょう。むろん大名家とて、鴻池屋に借りがあります」

「これは、なんという事態か……」

俊平は呆然とし、稲垣を見返すよりない。

「そも、鴻池屋は大名に金を貸して財を成し、米の市場に入ってきた大名貸しでございます。各大名は、販売予定の年貢米を米商人に売って藩の経費に充てておりましたが、実際に米が売れる時期が、代金を得たい時期と一致するとは限らず、米が売れる以前に支払いを要する場合には、年貢米や特産品を預けた形で、有力商人から金銀を借りて、実際に入ってきた年貢米や特産品を以て返済に充てております。これが、大名貸の始まり」

「そのようなことを繰り返しておるゆえ、商人に頭が上がらなくなったのだ。まったく困ったものよ」

　柳生藩が、まだそこまでのことはしたことがないのは幸いである。

「しかし、なぜ幕府までが……」

「さて、わかりませぬ。江戸の明暦の大火のあたりからではないかと」

「ふむ。それにしても、なんとか、この事態、正すことはできぬものか」

「大変、難しうございます」

　稲垣は、諦めたように言った。

「鴻池屋に、落ち度はないものであろうか」

「さて、あるやもしれませぬよ……」

　稲垣は、曖昧な顔でぼそりと言う。

「そこを突いて、取り締まっていくよりないのではないか」

「さればまず奉行所にて美濃屋を探索いたします。美濃屋は、湾岸に多数の蔵屋敷を持ち、各藩に貸しております。あれほどの蔵屋敷を持てるということは、何か怪しい商売をしておるやもしれませぬ。まずは、その辺りからでしょうな。その後、美濃屋と鴻池屋との繋がりを追っていくことになりましょうか」

「うむ。お頼み申す。私も幕府の影目付。及ばずながら、美濃屋を探ることにいたしましょう」

「それは、大いに助かります」

「いやいや、奉行所のお役に、どれだけ立ちまするか」

「骨のおれる仕事となりまするが、よろしくお頼み申し上げます」

と二人は手を握った。

俊平は、東町奉行稲垣種信に別れを告げ、奉行所を離れると、たたきつけるような夏の強い陽差しのなか、ふと立ち止まり、考え込むようにして、また歩き出した。

三

俊平は一晩寝ずに考えて、反撃もせずに屋敷を引き払うことはできぬとあらためて思った。

若い藩士、茅野文蔵と篠田啓次郎の両名には、大和柳生にもどることをやめ美濃屋と鴻池屋をあらためて見張るよう命じてある。

むろんただ見張るのではなく、店先に張り付き、店の者になにか不審な動きはないか、調べよと命じている。

他藩と交わした証文に不審なところが見つかれば、その不審な所業を追及して、奉行所の手に委(ゆだ)ねるより他に手はない。

三日ほど後、東町奉行所の与力大垣弥五郎が柳生藩蔵屋敷を訪れ、意外なことを言った。

美濃屋はどうやら、他藩との蔵屋敷の貸借においても、正式な証文を交わしていないというのである。

「それは、まことか」

俊平は、驚いて大垣の肩を掴んだ。

「はい。我ら与力五名が、手分けして調べ上げましたので、まちがいございません」

与力は、興奮し荒く息を継ぎながら言った。

「美濃屋はいい加減なことをしておるのだな」

「まことに――」

与力が、怒りに顔を赤らめて言った。

「美濃屋は、調べれば調べるほどまことにゴロツキのごとき商人でございました。番頭から手代、丁稚(でっち)に至るまで、一癖も二癖もありそうな連中ばかりにて、一人一人をたたけば、いくらでも埃(ほこり)が立ちそうですが、とりあえずご報告いたします」

大垣は力を込めて言った。

「それは、面倒をかけたな。お奉行稲垣殿にもよろしくお伝えくだされ」

俊平がそう言って、七兵衛が茶と茶請けの酒蒸し饅頭を出せば、与力は慣れた手つきで旨そうに饅頭をぱくつく。どうやら大垣は甘党らしい。

「京に出た折は、時折買い求めます」

「されど、証文が不備なことを理由に、この屋敷の追い立てをやめさせることはできませぬ」

七兵衛が、脇から心配そうに口を出した。

「それはそうだ」

俊平が、悔しそうに頷いた。

「美濃屋の貸し出している蔵屋敷が、みな怪しげなものであることはよくわかった。さらに追及してみてはくれぬか、大垣殿」

俊平が、あらためて与力大垣弥五郎に言った。

「むろんのこと。これをいただき次第、すぐに出立いたしますが、この饅頭を、いま少々いただけませんか」

与力が、遠慮なく七兵衛に告げた。

「それほど旨いか」

俊平が、顔をほころばせて訊ねた。

「はい、まことに美味にございます。町廻りで、よくこうした甘い物をいただきますが、これはまことに上々の品」

大垣弥五郎がきっぱりと言った。

「聞いたか。七兵衛――」

俊平が笑顔で七兵衛を促した。

「もってまいります」

七兵衛が、笑って頷き立ち上がった。

「じつはな、これは我が藩の販売する酒蒸し饅頭だ。そう言ってもらえると嬉しい。みなで食うてくれ」

「まことでございますか」

「むろんのこと。三十では足りぬか。あまり多くても荷になろうな」

俊平が心配してやれば、大垣は、

「なんの。三十くらい。みな喜びましょう」

と目を輝かせる。

その日も夕刻になって、二人の藩士茅野文蔵と篠田啓次郎が探索活動からもどってきた。

なにやら成果があったのか、明るい表情をしている。

「おお、両人、共に行動しておったか」

「いえ、それぞれ別を回っておりましたが、たまたま、ある所で一緒になりましてございます」

「ほう、そうか」

「じつに驚くべきことを、知ることになりました。美濃屋では、なんと賭場(とば)を開いております」

「なんと、博打か」

俊平は、驚いて二人を見返した。

だが、考えてみれば、やりそうなことと思えてくる。

「それが、どこで行われているとお思いでございまするか」

文蔵が俊平に訊ねた。

「さてな。江戸では、郊外の下屋敷でよく賭場が開かれておるらしい。藩主にも気づかれず、また武家の屋敷ゆえ、町方が踏み込むこともできぬから好都合なのだそうだ。しかし、大坂には、藩の下屋敷はない」

「はい。大坂は直轄領でございますれば。賭場が開かれているのは、美濃屋の屋敷内奥深くでございます」

「なんと申す！」

俊平は、呆れ返って二人を見返した。

屋敷で賭場を開くとは、なんとも大胆不敵な所業である。

広大な敷地とはいえ、武家の屋敷内ではない。商家なれば、役人は自由に踏み込める。それでも平気で、夜な夜な賭場が開かれているとは信じがたい所業である。

あるいは町方とつるんでいるのかもしれないと俊平は思った。

「ただ、警戒は怠りないようで、店の明かりは消させ、奥の間のみでひっそりと開かれておるようです。役人に踏み込まれぬよう、見張りが三人ほど立っているそうでございます」

「そのこと、どのようにして知った」

「賭場から出て来た男を居酒屋に誘い、金を渡して落としました」

「やりおるの。して、賭場にはどのような客が集まる」

「はい。それが、大商人もおりますが、博打うちの集団もちらほら。驚いたことに、武士が半数以上おるとのことでござります」

二人は、顔を見合わせて頷き合った。

「武士を幾重にも釘付けにして、支配下におく巧妙な作戦よな」

俊平は、納得できたと頷いた。

「いずこの藩が多い」

「海沿いの小藩が多うございますが、大藩では福岡藩、薩摩藩の藩士なども、通っておりました」

「商人から、大金を借りておる藩だな。鴻池屋の店の者も来ておるのか」

「来ております。美濃屋の店の者も」

「もはや、鴻池屋はやくざでござります」

文蔵が呆れたように言う。

「商人が大坂のやくざか。それは面白い。江戸のやくざとどうちがうか」

俊平が笑えば、

「殿。そのようなことを言うておる場合ではございませぬ。この機会をなんとか活かさねば」

「むろんじゃ」

「役人の踏み込みも、期待できるかもしれません」

啓次郎が目を輝かせた。

「面白い」

俊平は頷いてから、

「されば策を練るか。奉行所にも連絡し、協力を頼もう」

「はい。こたびは見逃すことはいたしますまい」

文蔵が語気を強める。

「よし、前祝いだ」

俊平はすっくと立ち上がり、自ら台所から大徳利を取ってくると、二人の若侍にも勧めて飲みはじめた。肴(さかな)は沢庵の古漬けである。

「殿、こたびはよほど自信があるようにお見受けいたします」

文蔵が、俊平を見返して訊ねた。

「自信などはない。だが、みなの働きが懸命なので、大いに勇気づけられる。こういう時は、きっと上手くいく」

俊平が、顔を上気させて言った。

「私どもは、海を臨んだこの屋敷を好んでおります。立ち退きは、断じて嫌でございます」

「そうだの」

俊平が、笑って啓次郎の茶碗に酒を注いでやれば、顔を綻ばせてそれを受ける。

「町方は、踏み込んでくれるでしょうか」

「さあ、そうたやすくはあるまい。さればこそ、準備は怠りなくせねばならぬ」

「見張りが立っております。それに、各藩の者を捕えることはできませぬ」

「そうだの。商人どもも、美濃屋の者に案内され、巧みに逃げていくやもしぬな」

「それが心配でございます」

文蔵が嘆いてみせた。

「されば、私がひと働きするといたそう」

俊平がきっぱりと言った。何か考えがあるらしい。

「どうなされるおつもりで」

啓次郎が俊平の顔をうかがった。

「私が賭場でひと暴れする。その騒ぎで混乱しているところに、奉行所の役人が踏み込めば、取り押さえやすいであろう」

「さようでございますな。みなが興奮し、大騒ぎとなっておれば、逃げる者も少なかろうと存じます」

文蔵が、それは上策と納得して啓次郎と頷き合った。

車座になり、三人で飲んでいると、台所の木戸が開いて、七兵衛が息を荒らげてもどってきた。

「おお、七兵衛か。まいれ。みなでやっているところだ」

俊平が声をかければ、

「嬉しうございます。お仲間に入れていただきます。が、それより、まず大事なお報せがございます」

七兵衛が、真剣な表情になって言った。

「なんだ、それは」

「じつは、あたしに相場の蠟燭足の読みを教えてくれた仲買人をやっと見つけましてね」

「それは上々。ご苦労であった」

「それで、いろいろと話を聞いてまいりました」

「うむ。ぜひ聞きたいものだ」

座り込む七兵衛に茶碗を渡し、酒をなみなみと注いでやると、嬉しそうに一気に咽に流し入れ、ふう、と肩の力を抜いた。

「そち、まことに酒が好きじゃの」

「これがあるから生きていられるようなもんで」

「して、その仲買人、名はなんという」

「八衛門(はちえもん)さんというんですがね。小さな店を持つ商人でしたが、死に物狂いで相場を勉強したそうで。けっこうな財を成したそうです」

「叩き上げだな。前の仕事は」

「番頭も置かず一人で両替商(りょうがえしょう)をやっておりましたが、相場が面白く、仕事そっちのけで研究したそうで」

「まあ、人にはさまざまな生き方があるものだ。その八衛門殿と話してなにがわかった」

俊平が肩を前に出し、七兵衛を覗き込むようにして訊ねた。

「はい。美濃屋では店のなかで賭場を開いております」

「うむ、その話は今この両名から聞いたばかりだ」

「そうですか」

七兵衛は、残念そうに肩を落とした。

「ならば、その賭場の内情をお伝えします」

と、気を取り直して話しはじめた。

「まことにイカサマの多い賭場だそうでございます」

「なに、イカサマか。悪い奴だの、美濃屋は」

「それが、賭場の名人を幾人も呼んで、わからぬように仕掛けを作っているそうで、誰も気がつかないだろうと、美濃屋は悦に入っているそうです」

「なぜ八衛門がそれに気づいた」

「賭場にしばらく通ってみたんですが、どうも儲けられない。それどころか、ある時大損をしたようで、恨みに思い、調べてみてイカサマに気づいたとのことです。手口がわかるのでこれを機会に、お白州でぜひにも証言に立たせて欲しいと申しております」

「その際には、大いに頼みとする。八衛門殿に伝えてくれ」

「かしこまってございます。きっと喜びます」

七兵衛も、嬉しそうに酒を呷いだ。

四

大坂東町奉行所から美濃屋の捕縛に動くとの報せが入ったのは、それから三日ほど後のことであった。

大坂中之島町に本店を構える美濃屋は、両替商ではあるが併せて米取引の仲買人を営んで手を広げ、今や地域の一角に君臨するまでに成長した。

その両替商の店が閉じると灯りも消え、店は暗闇のなかで静まり返っていた。

店の裏手には、荒れた内庭に大勢の人だかりができ、店の者数人が見張りを兼ねて対応している。

客は懐の温かそうな商人と、紋服に身を包んだいずこの藩とも知れない武士が半々である。

俊平は、涼しげな麻の単衣に身を包み、太刀を落とし差しにして、表で藩士らと並んでいたが、やがて入り口付近でどこの藩の者かと番人に訊ねられた。

俊平がお捻りを手渡しすると、番人はこれはどうもと笑って受け取った。

俊平が福岡藩士と名乗ると、男は、ああ、とすぐに納得し、屋敷に入れた。

なかに入れれば、あらかたの部屋は灯りが消え、暗かったが、賭場の開かれる大部屋だけは、ぽつんと薄明かりが点っていた。

ざっと三十名ほどの客が、中央の白い布をかぶせた台座の辺りに無口で座していた。

「お客人、今日は楽しんでいってくだせえ」

縞の小袖を着くずした若いモンが、奥に誘った。

それぞれの手前には、懸金代わりのコマ札が積まれている。

俊平はまず両替して、このコマ札を買った。

「それでは、どうぞこちらに」

店の者が俊平を座らせたのは、人相のよくない面長の仕切り役の中盆が座す丁方であった。

中盆は丁半博打の進行役である。

その横にサイコロを振るツボ振りが、片膝を立てて座っている。

中盆の脇に座って腕を組んでいる眉の太い目の大きな男が、責任者である貸元であろう。

「さあ、張った、張った」

景気のいい声のもと、部屋の空気が張りつめている。

俊平は、今宵の客筋をぐるりと見まわした。

客は、真剣そのものの目つきである。

「ようござんすか」

壺振りが、それぞれに丁半いずれかに張るよう促した。

「ようござんすね。ツボをかぶります」

ツボ振りが、茶碗ほどの大きさの笊(ざる)に二つのサイコロを投げ入れ、盆布(ぎれ)の上に伏せた。それを、手前と向こう側に三回押し引きする。

「どっちも、どっちも」

ざわざわと客が動き、丁方、半方に分かれてコマ札を置いていく。

「ナイカ、ナイカ、ナイカ、ナイカ」

丁半が揃うと、ツボ振りは右手を笊に置いたまま、左の掌(てのひら)を大きく開いて、ツボの横に伏せた。

「勝負ッ！」

「サンゾロの丁」

サイの目は、二つとも三のゾロ目と出ている。

わっと声があがった。

明暗が大きく分かれ、賭場の空気が大きく揺れた。外れた者はがくりと肩を落とし、勝った者は天下を取ったように高笑いしている。

「待った、待った。こりゃあ酷いね」

俊平が立ち上がり叫んだ。

「みなさん、イカサマ博打に金を盗られるこたあないよ」

俊平が、太刀を摑んでツボ振りに言った。

「なにおッ！」

ツボ振りの隣で、腕を組んでいた目玉の大きな貸元が、どすの効いた野太い声をあげて、片膝を立てた。

人相のよくない男たちが、バラバラと俊平を取り囲む。

「おお、怖いお兄さん方に指示しているのは誰だ」

俊平が、やくざ者の背後に見え隠れしている店の者に向かって叫んだ。

「この野郎、イカサマだと因縁をつけられたんじゃ、黙って帰すわけにはいかねえ」

貸元が、だみ声で指示をすると、男たちが部屋の出口を固めた。

「おい、イカサマの証拠を見せろい」

ツボ振りが俊平に向かって叫んだ。

左右の客が、恐れをなして四方に散らばった。

「嘘だと申すなら、サイを盆布の上に並べてみろ」

俊平が命じると、貸元がしかたなく目でツボ振りに指図した。

柘植（つげ）の二つのサイが盆布の上に転がっている。

室内の男たちの視線がいっせいに俊平に注がれた。

俊平がゆっくりと抜刀した。

みな息を呑んだ。

俊平の刀が一閃（いっせん）し、翻って二閃している。

二つのサイが、きれいに断ち切れていた。

そのなかから、鈍い色の金属が覗いている。

「げっ！」

「サイのなかに、なぜ鉛（なまり）が入っている」

誰かが叫んだ。

「これはどう釈明する」

俊平が、笑って貸元に訊ねた。

貸元は気を呑まれて、息も継（つ）げない。

「わかったな。証拠は見てのとおりだ」

俊平は客を見まわしながら、三人の男たちに向かって声をかけた。

「美濃屋は！」

藩士が、口々にののしる。

会場がざわめきはじめた。

不正に気づいた藩士たちは、刀を取り寄せている。

商人は立ち上がり、争いを避けて急ぎ出口へと向かった。

外にいた大勢の店の男たちが、長ドスを握りしめ、どっと雪崩(なだれ)込んできた。

「はは、面白うなってきたな」

俊平が、貸元に向かって笑いかけた。

「畜生(ちくしょう)め！」

店の者とは名ばかりのやくざそのものの荒々しい若い者が長ドスを引き抜き、俊平に襲いかかってくる。

「やめよ！」

俊平は振り返りざま、かかる長ドスを軽々と弾き返し、男の肩を小手でぴしゃりと打った。

外が、賑やかになってきた。

大勢の町方役人が、どかどかと賭場に流れ込んでくる。

賭場じゅうにうろたえる客の悲鳴があがった。

商人が、藩士が、四方八方に逃げまどう。

そのなかには、居直る者も現れ、平然と賭場内で佇み、模様眺めをきめ込みはじめた。

町方役人は藩士には手出しできないことを知る者たちである。

与力の大垣が、俊平を見つけて駆け寄ってくると、荒い息を継ぎながら一礼し、

「柳生様。ご協力まことにありがたく存じます。ようやくここ美濃屋の賭博に踏み込むことができました」

「大きな成果が上がりそうだな。これで美濃屋は咎を受けよう」

「はい、まちがいなく。いずれ罪状がまとまりしだい、ご報告いたします。おそらく柳生藩の蔵屋敷は、追い立てられずにすみましょう」

「それはありがたい」

「賭場には、多数鴻池屋の者もおりましたはず。鴻池も無傷ではおられますまい」

「そうであれば、まことに嬉しいが、まだわからぬな。結果はゆるりと蔵屋敷で待つ

といたそう」

そう言い置いて俊平が表門から美濃屋を後にすれば、門前には無数の捕り方が高提灯を掲げて、店を囲んでいるのが見えた。

柳生俊平が蔵屋敷にもどってから五日が過ぎ、立ち退きの日取りも経過して、ひと安堵していると、大坂東町奉行所から大垣が訊ねてきた。美濃屋による柳生藩蔵屋敷立ち退きの通告が正式に取り下げられたとの報せがあった。

連絡を受けた俊平は、報せにきた大垣を部屋に上げて話をさらに詳しく聞けば、いわば司法取引のようなものが成立したらしい。

鴻池屋についてもこれまで急激な米価の買い上げ、売りつけは控えるとの取引であったという。

「よくここまでこぎつけたな」

俊平が大垣を讃えれば、

「柳生様のお働きが大であった、とお奉行は喜んでおられます」

「そうか、そうか」

俊平は、大垣の手を取って喜んだ。

「商人に負けてばかりではおられませぬ」

大垣は俊平を強く見返し、

「今後は幕府も侮(あなど)られぬよう、身を引き締めてまいります」

と誓った。

二人の若い藩士茅野文蔵と篠田啓次郎が笑っている。

七兵衛が茶を淹れて酒蒸し饅頭とともに持ってくると、

「大垣様、酒蒸し饅頭はいかがでございましたか」

大垣の顔をうかがった。

「奉行所内では、大変な評判でございまして、与力、同心、いやお奉行も、旨い旨いと食べておられました」

「まこととも思えぬが」

俊平が、嬉しそうに大垣を見返し、

「大坂の店も、準備中でございます。どうか、ご贔屓に」

と商人口調になって言った。

五

江戸にもどった柳生俊平は、三日の後に登城し、将軍吉宗に謁見を求めた。

二人の一万石大名と大岡忠相にも、招集がかかっていた。

揃って将軍御座の間に居並ぶ。

俊平は、厳しい表情である。

「おお、そなたらご苦労であったな。待ちかねておったぞ」

吉宗はそう言ってから、下座に控える俊平の、いつもと異なる挙動に、怪訝な目を向けた。

二人の一万石大名と忠相も、不審そうに俊平を見返す。

「どうした。そなた、直垂の下は白装束ではないか」

吉宗が、驚いて膝を立てた。

「はい」

俊平が、神妙に平伏した。

「本日は、それがし、大罪を犯しましたゆえ、上様にお詫びを申し上げ、場合によっては腹を切る覚悟でまいりました」

「腹を切るじゃと。馬鹿なことを申すな。なにゆえ、そちが腹を切らねばならぬ」

「急場のこととはいえ、それがし、お許しもなく上様の御名を騙り、薩摩、福岡など、西国諸藩に書状を送りつけましてございます」

「そのことか。じゃが、咄嗟のことにて、致し方なし。それは、そちが民の暮らしを思えばこそのことであろう」

「しかしながら、いかに民を護るためとは申せ、大名が上様の名をお借りし、偽の書状を送り付けたとなれば、お詫びして済む話ではござりませぬ」

「なんの。最も考えるべきは、庶民の暮らしじゃ。そちは、民の暮らしを守った。むしろ、余はどれほど礼を言うても足りぬくらいじゃ。そのことは目を瞑る」

二人の大名と大岡忠相が、大きく頷いた。

「それよりその書状、だいぶ効いたようじゃの」

吉宗が身を乗り出して、俊平に問いかけた。

「そのようにござります。上様のご威光は、やはりこの上なく高く、西国大名、みなひれ伏してまいりました」

俊平は、初めて明るい笑みを浮かべた。

「じゃが、勝負がついたとは申せ、それは、こたびだけのこと。相場が下降に向かえば、商人は今度は売り方に立って、利益を積んでこよう。相場は、一方だけのものではない」

「米価が極端に下がれば、今度は武士が困りまする」

大岡忠相が、困り顔で言う。

「難しいものじゃの」

吉宗が重く吐息した。

「まことに」

「どうしたらよい」

吉宗が、三大名に目を向けた。

「幕府も相場の知恵をつけ、商人らと、うまく渡りあっていくよりありますまい」

一柳頼邦が言う。

「そうじゃの。肝に銘ずるべきは、民の暮らしを思うことじゃ。米価が極端に振れぬよう、見守っていかねばならぬ」

「ははっ」

みなが揃って平伏した。

「それにしても、こたびは、大いに助かったぞ。俊平、幕府の金蔵も久々に潤いそうじゃ」

吉宗が、立てていた膝を直して言う。

「それは、ようございました」

「うむ。そこで勘定奉行の河野と相談したのじゃが、こたびのそなたらの尽力に、褒美として各五千両を与えることにした」

吉宗が、ぐるりと一同を見まわした。

「なんと、申されます。それだけの金子、我ら、頂戴するほどのことはいたしておりませぬ」

俊平は、困惑して言上した。

「いやいや、ことに、そなたの働きは目を瞠るものがあった。五千両でそちの藩がどれだけ潤うかはわからぬが、まあ、多少の足しになろう」

「かたじけないご配慮。柳生藩は小藩、五千両は大金にござりますれば、大いに潤いましょう」

俊平が嬉しさを隠せずに言った。

「そちの妻、伊茶の献身にも褒美を取らせたい。反物(たんもの)一式を取らす」

「それは、かたじけないこと。またお局館にて枇杷の葉治療を受け、お疲れを癒されませ」

俊平が吉宗を見上げ、笑って言った。

「そのことよ。城外の暮らしは愉快よの。こたび、しばらく城中にて時を過ごしたが、退屈きわまりなかった。また外に出たい」

「たびたびお出かけになられたとの噂も、飛び交ってございます」

「そのようなことはない」

吉宗は咳払いをした。

「いずれにいたしましても、まだ先日のお忍びから、さほどの月日が経っておりませぬぞ」

「江戸の町歩きは、余の目を開かせた。庶民の暮らしを知ることも、政を行う者にとっては大切じゃ」

「はは。では次は、どちらにお連れいたしましょうか」

「そうじゃの――」

吉宗は、しばらく考えてから、

「町民を掻き分けるようにして、大通りを歩いてみたいものじゃ。水茶屋で、串団子や草餅を腹いっぱい食うてみたい」

「人混みのなかは、難しうございましょう。人の群れのなかでは身動きもとれず、とても上様をお護りすること、叶いませぬ」

「そうか」

吉宗は、諦めたように深く吐息した。

「私どもが心配なのは、米商人の報復でございます」

大岡忠相が言った。

「報復か。じゃが、我らは武士じゃぞ。商人に、争いでおいそれと敗れまい」

「されど、上様が町で一人歩きをなされては、さすがに心配でございます」

大岡忠相が、俊平を一度見返して言った。

「どうすればよいと申す」

不機嫌そうに吉宗が言った。

「はて。城中からお出になり、奈良屋市右衛門のところに向かうだけでも、賊に気づかれぬかと心配でございます」

「されば、どうするのじゃ」

吉宗が、大岡忠相に訊ねた。

「まずは大名の行列のような目立つことはおやめになり、もそっと目立たぬようになさらねばなりますまい」

「それは、困ったな」

吉宗も、苦笑して首を撫でた。

「下級役人の身なりででも、城をお出になりますか。それとも、町人姿がよろしいでしょうか」

「されば……」

「それがしの知る者に、町火消しの棟梁がおります。町火消しの連中に、上様の下城を護らせてはいかがでございましょう」

俊平が言う。

「妙な趣向じゃが、面白い」

吉宗が、驚いて問い返した。

「まず、上様も町火消しの姿にお成りなされませ」

「しかし、余が町火消しとはの」

「町を気づかれずに歩くには、それくらいのことをなさりませ」

「そうか。そなた、余が城から勝手に抜け出さぬよう、策を弄しておるのではあるまいの」

「滅相もございませぬ」

俊平が、慌てた素振りで否定してみせると、

「大奥には抜け穴があり、人目につかず庭に出られます。これは、大奥警護の者しか知りませぬが」

大岡忠相が、話をさらに進めた。

「それなら、余も知っておる」

「庭に出た後は、まず葛西衆と連携し、みなに囲まれて城外に出ます」

「船で出るのじゃな」

「はい」

「肥桶と一緒にか」

「致し方ございませぬ」

忠相が言うと、吉宗は苦笑した。

葛西衆は、城内に出入りする雑務を行う集団で、城内の糞尿処理もする。

「それから先は、町火消しが護衛を受け持ちます」

「ふむ。ようできた案じゃが、そのようなことを受け持ってくれる町火消しは、おる

「大丈夫でござります。それがし町火消しの棟梁とは、じつは昵懇の間柄。けっして断るとは思われませぬ。それに、すこぶる上様贔屓でござります」

「よかろう。謝礼は十分取らす」

吉宗は、嬉しそうに膝を打った。みなも顔を見合わせ、頷き合う。

「上様が、町火消しとはの」

立花貫長が、小声でそう言って吉宗を見上げた。

「まことに。そうまでして町に出られとうございますか」

忠相が、念を押すように吉宗に訊ねた。

「町を歩く悦(よろこ)びは、かけがえがない。多少の無理を押してでも、外に出て見聞を広めたい」

「あいわかりました。上様の探求心に、敬服いたします」

忠相が俊平を振り返り、頷いた。

「さて、本日は、大坂堂島での勝利を祝う酒膳を用意した。内々でゆっくりやろう」

吉宗が、松平紀ノ介のような、くだけた調子で言った。

貫長と頼邦が、その変わりように驚き、にんまりとほくそ笑んだ。

六

数日の後、俊平は、江戸の町年寄、奈良屋市右衛門の招きを受けた。

上様高覧の山王祭の準備が整い、みなさまに当家にて山車の趣向を披露したいので、お愉しみいただきたいという。

「これは、見に行かねばなるまいな」

俊平は手を打って喜び、三大名に書状を書き送る。

吉宗も当然、大岡忠相を通じて、連絡を受けているはずである。

「こちらだ」

立花貫長が手を上げて、奈良屋の屋敷を訪問した柳生俊平を招いた。

三人の菊の間詰めの大名は、すでに盃片手に紅い顔をしている。

左手に座るのは、まず団十郎一座で、宮崎翁、百蔵、女形の玉十郎、付き人の達吉、それに吉宗の送り迎えをする火消しの面々が続き、お局様方の姿もある。右手には、ずらりと大商人たちが並んでいた。

「おや——」

俊平は、商人の一人に目を見張った。

鴻池民右衛門の姿がある。

隣は、強面の春風堂であった。

奈良屋の番頭に聞けば、鴻池民右衛門も山車に参加する気になったらしく、山王祭に向けて準備を始めたという。

「みなさま、山王祭の山車の準備は、順調に進んでおります」

奈良屋市右衛門が一同を見まわして、満面の笑みを浮かべた。

やがて宴も進み、お披露目の準備が始まった。

広間の襖が番頭の手で開き、まず、枝を貼り付けた松人間たちが現れた。

「おおーッ」

その珍妙な姿に、会場がどっと沸いた。

つづいて登場したのは、お局様方の羽衣の女たちで、音曲の三人と舞踊の三人が、中央に広がって色気を振りまく。

さらに、団十郎一座の面々が扮する〈勧進帳〉の、義経(よしつね)、弁慶(べんけい)、富樫(とがし)の三人が見得(みえ)を切れば、

「最後に、我が家の居候でございます」

奈良屋市右衛門の案内で、扇で顔を隠した男が立ち上がると、俊平は啞然としてその男を見返した。

（まちがいない。上様だ！）

扇で顔を隠し、妙な飾りを着けているので、その面体はつぶさに見ることができないが、お局様方はそのようすに吉宗かと疑って、啞然としている。

男は、パッと扇を翻し、

「それがしは、この家の居候でな。松平紀ノ助と申しまする」

見れば吉宗は、頭に提灯を付け、妙な化け物を演じておどけている。

脇には市右衛門の娘の加代が立ち、八方に愛嬌を振りまいた。

「されば、私たちも踊りをご披露いたしましょう」

ひとあたり、お披露目も終えたところで、お局様方の一団が、大奥の御中臈さながらに、きらびやかな装束で舞い唄った。

曲は、座敷唄の金毘羅船船であった。

〽金毘羅船船　追風に帆かけて　シュラ　シュ　シュ　シュ
まわれば四国は　讃州那珂の郡　象頭山金毘羅大権現

一度回れば

みなが手を打って笑う。

「賑やかな宴となったの」

立花貫長が、俊平に声をかけてきた。

「今日は無礼講だ。大いに飲み、唄おう」

俊平も、御満悦である。

「おや――」

一柳頼邦が、声をあげた。

町奴の四人が、俊平に鋭い視線を送ってくる。

「呆れた者どもだ」

俊平が顔を背けると、吉宗が座にもどって来た。

「呆れた松平様でございます」

俊平が笑った。

「見物ばかりで、ちと飽いたな」

吉宗が、浮かれ調子で言った。

「されば、紀ノ介どの。なにか、芝居でもご披露なされますか」

立花貫長が、にやりと笑って誘いかけた。

「そうじゃの。だが、生憎それがしには、これといって披露するのものもない」

考え込んで、困ったように吉宗が言った。

「能の舞いなど、いかがでございましょう」

一柳頼邦が、吉宗をうかがった。

「このような席で、能など舞うても面白くなかろう」

「さようでござりますな」

頼邦が、首をすくめてみせた。

「じゃが、舞いとなれば、私は阿蘭陀人使節から、彼の地の舞いを習った」

「阿蘭陀の舞い。なにやら夢のようなお話でございますな」

俊平が、ぽかんと口を開いて言った。

「阿蘭陀の舞いとは、どのようなものでございますか」

至極(しごく)興味を覚えたか、頼邦が目を見開いて、吉宗を見返した。

「音曲のほうは、ビオロンとオルガンの伴奏(ばんそう)となる」

「そのようなもの、こちらにはござりますまい」

喜連川茂氏が笑って言った。

「さきほどのお局様方らの三味や笛、太鼓でよい」

吉宗が、あっけらかんと言う。

「合いますのか」

俊平が心配して言った。

「そこがまた、面白かろう」

吉宗が嬉しそうに言う。

「お戯れにも、ほどがござりますぞ」

一柳頼邦が、呆れたように言った。

「いいえ、結構いけましょう」

俊平の隣に集まった女たちが、手をたたいて笑い、音曲の準備を始めた。

頼邦が立ち上がり、奈良屋市右衛門のもとに歩み寄ると、吉宗の趣向を伝える。

市右衛門はわかりましたと頷き、立ち上がると、

「ご来賓のみなさま。当家の居候、松平紀ノ介が阿蘭陀渡りの舞いをご披露いたします。珍しい舞いにございます。多少、お見苦しいところもございましょうが、お許しいただきたく存じます」

そう言うと、みながざわめき、中央に進み出た吉宗に目を向けた。

お局様方が、音曲をふたたび始める。

——ああ、それそれ
俊平が掛け声をかける。

吉宗が扇を広げ、お局方の音曲に合わせて、ひらひらと舞いはじめた。

わけのわからない舞いなのだが、三味線や笛、太鼓に奇妙に合わせて、それなりに見栄え（みば）のする出来栄えである。

——これが、阿蘭陀の舞いか
——なんだか、よくわからない舞いだが、異国ではこのように舞うのであろう
あちこちから、呟き声が聞こえた。

笑い声もあちこちで漏れたが、次第にお局様方の音曲と歩調が合い、みなが感心して眺めるようになった。

舞いが終わると、割れんばかりの喝采となる。

「いかがであった」

もどって来た吉宗が、みなに訊ねた。

「正直、阿蘭陀の舞いは存じ上げませぬが、これはこれで松平様流。面白き試みでご

ざいました」

　俊平が、笑って吉宗を迎えた。

「あ、あ奴らめ」

　貫長が、対面からこちらを睨む男の姿に声を荒らげた。

　春風堂の四人組である。

　忌々(いまいま)しげにこちらを見ている。

　四人の視線に気づいて、吉宗がこちらに目を向けた。

「もしや、気づかれたか」

　吉宗が言った。

「さて、私の隣におられますゆえ」

　俊平が言った。

「いや、だからと言って、よもや上様がこのようなお姿とは思うまいよ」

　喜連川茂氏が言う。

「だが、あの怒りを秘めた目つきは、只事ではない」

「私は、商人と争うつもりはないぞ」

　吉宗が、にたりと笑って言った。

「武人には、武人の役割がある。国の財を積み上げていくのが商人じゃ。武と商は、ともに寄り添っていかねばならぬ」

「さようでございます」

俊平は、吉宗を見返し、深く頷いた。

「しかし、我らを見る眼は、いかにも厳しうございました」

立花貫長が、鴻池を見返した。

「これからは、ますます商人が力を付けていこうな」

吉宗が言った。

「受けて立つまでのことでございます」

公方様こと喜連川茂氏が言うと、

「さようでございます」

俊平も応じる。

「さて、この辺りで、江戸の守護神市川団十郎様にお願いし、いったん手締めといきましょうか」

奈良屋市右衛門が立ち上がり、そう言うと、みなもいっせいに立ち上がった。

「それでは、ようッ!」

団十郎が左右を見返し、手を広げた。

吉宗が、俊平が、そして一万石大名らが、揃って手を広げる。

お局様方は、幾人か酔って足がふらついている。

「ようッ！」

団十郎が胸を膨らませ、部屋に響く大声をあげる。

パンパンパン

パンパンパン

手拍子は、館の大広間いっぱいに響き渡った。

吉宗は大喜びであった。

二見時代小説文庫

将軍吉宗の大敵 剣客大名 柳生俊平20

二〇二三年 一 月 二十 日 初版発行

著者 麻倉一矢

発行所 株式会社 二見書房
〒一〇一-八四〇五
東京都千代田区神田三崎町二-一八-一一
電話 〇三-三五一五-二三一一［営業］
〇三-三五一五-二三一三［編集］
振替 〇〇一七〇-四-二六三九

印刷 株式会社 堀内印刷所
製本 株式会社 村上製本所

落丁・乱丁本はお取り替えいたします。定価は、カバーに表示してあります。

 ISBN978-4-576-22194-6
https://www.futami.co.jp/

麻倉一矢

剣客大名 柳生俊平 シリーズ

以下続刊

① 剣客大名 柳生俊平（としひら） 将軍の影目付
② 赤鬚の乱
③ 海賊大名
④ 女弁慶
⑤ 象耳（ぞうみみ）公方
⑥ 御前試合
⑦ 将軍の秘姫（ひめ）
⑧ 抜け荷大名
⑨ 黄金の市
⑩ 御三卿（ごさんきょう）の乱
⑪ 尾張の虎
⑫ 百万石の賭け
⑬ 陰富大名
⑭ 琉球の舞姫
⑮ 愉悦の大橋
⑯ 龍王の譜
⑰ カピタンの銃
⑱ 浮世絵の女
⑲ 八咫烏（やたがらす）の罠
⑳ 将軍吉宗（よしむね）の大敵

徳川家御一門である久松松平家の越後高田藩主の十一男は将軍家剣術指南役の柳生家一万石の第六代藩主となった。実在の大名の痛快な物語！

麻倉一矢

かぶき平八郎荒事始

シリーズ

①かぶき平八郎荒事始 残月二段斬り

②百万石のお墨付き

新御番役勤め二百石の幕臣・豊島平八郎は、大奥大年寄の姉絵島が巻きこまれた「絵島生島事件」により重追放の罪を得て会津に逃れ、八年ぶりに赦免されて江戸に戻った。事件の真相を探るうち、八代将軍吉宗らの巨大な陰謀が見えてくる。溝口派一刀流の凄腕を買われて二代目市川團十郎の殺陣師となった平八郎は……。

早見俊

椿平九郎 留守居秘録

シリーズ

以下続刊

①椿平九郎 留守居秘録 逆転！評定所
②成敗！黄金(きん)の大黒
③陰謀！無礼討ち
④疑惑！仇討ち本懐
⑤逃亡！真実一路
⑥打倒！御家乗っ取り
⑦暴け！闇老中の陰謀

出羽横手藩十万石の大内山城守盛義は野駆けに出た向島の百姓家できりたんぽ鍋を味わっていた。鍋を作っているのは馬廻りの一人、椿平九郎義正、二十七歳。そこへ、浅草の見世物小屋に運ばれる途中の虎が逃げ出し、飛び込んできた。平九郎は獰猛な虎に秘剣朧月(おぼろづき)をもって立ち向かい、さらに十人程の野盗らが襲ってくるのを撃退。これが家老の耳に入り……。

早見俊

居眠り同心 影御用 シリーズ

閑職に飛ばされた凄腕の元筆頭同心「居眠り番」
蔵間源之助に舞い降りる影御用とは…!? 完結

① 居眠り同心 影御用 源之助人助け帖
② 朝顔の姫
③ 与力の娘
④ 犬侍の嫁
⑤ 草笛が啼く
⑥ 同心の妹
⑦ 殿さまの貌
⑧ 信念の人
⑨ 惑いの剣
⑩ 青嵐を斬る
⑪ 風神狩り
⑫ 嵐の予兆
⑬ 七福神斬り
⑭ 名門斬り
⑮ 闇の狐狩り

⑯ 悪手斬り
⑰ 無法許さじ
⑱ 十万石を蹴る
⑲ 闇への誘い
⑳ 流麗の刺客
㉑ 虚構斬り
㉒ 春風の軍師
㉓ 炎剣が奔る
㉔ 野望の埋火（上）
㉕ 野望の埋火（下）
㉖ 幻の赦免船
㉗ 双面の旗本
㉘ 逢魔の天狗
㉙ 正邪の武士道
㉚ 恩讐の香炉